JN287204
女子には誰にも言えない秘密があるんです！
山本充実
illustration
かわいまりあ

「ちょ!? 待って、女の子はもっと自分を大事に――」
俺はさすがに制止をかけようとするが、時すでに遅し。
中からは大人の雰囲気の漂う黒い下着と、
それに包まれた魅惑的なふたつの果実が……
『な……なんじゃこりゃ――っっっ!?』
……出荷を待つ荷物のごとく
細めの縄で縛られていた。

俺は洗面所へと向かい、扉を開ける。
すると——

『…………』

わずかな湯気の中、一糸まとわぬ姿の
タルトが俺に背を向けて立っていた。

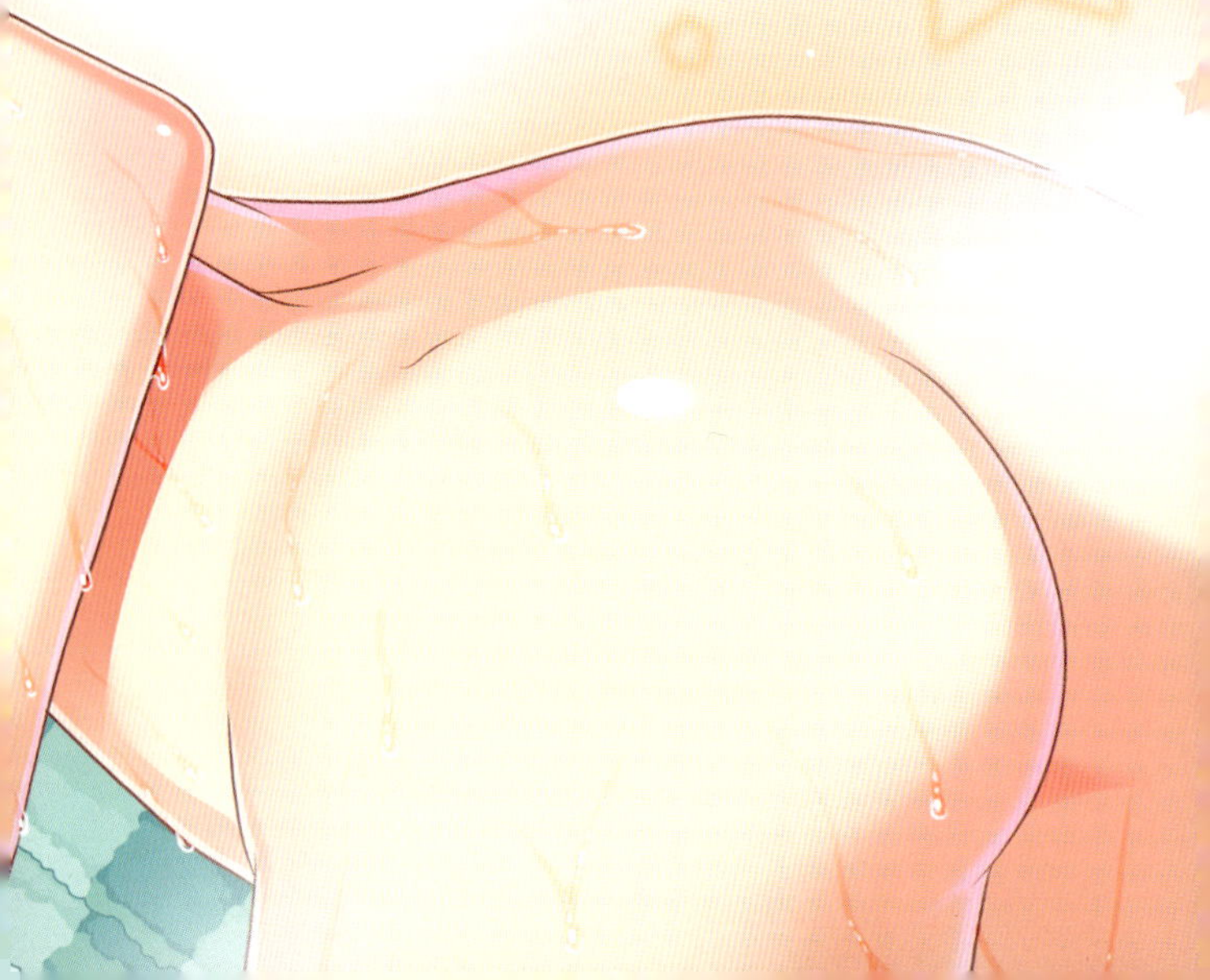

九十九武助
Takesuke Tsukumo
高校二年生。
自分が平凡で普通なことに
悩んでいる。
「笑わないで聞いて欲しいけど、
実は俺はそんな自分を変えたいんだよ」
「あたしたち、
パートナーになった方がいいんじゃない？」
清流院タルト
Tarte Seiryuin
才色兼備で周囲からの人望も
厚い、学園の憧れの少女。
だが、実は全然お嬢様らしく
ないという悩みを抱えて
いたため、"普通"な武助に
協力を求めることに。

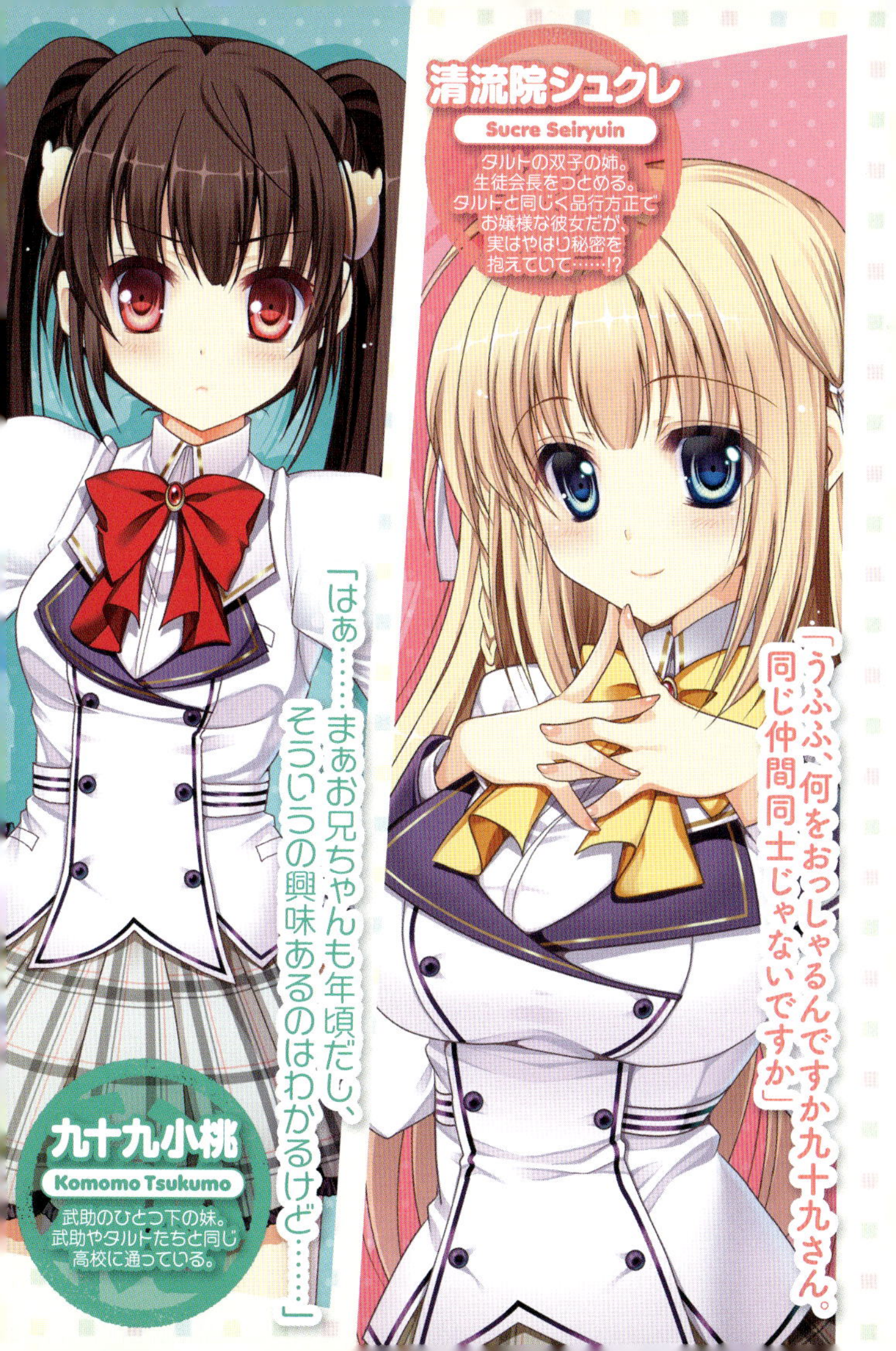
清流院シュクレ
Sucre Seiryuin
タルトの双子の姉。生徒会長をつとめる。タルトと同じく品行方正でお嬢様な彼女だが、実はやはり秘密を抱えていて……!?
「うふふ、何をおっしゃるんですか九十九さん。同じ仲間同士じゃないですか」
「はぁ……まぁお兄ちゃんも年頃だし、そういうの興味あるのはわかるけど……」
九十九小桃
Komomo Tsukumo
武助のひとつ下の妹。武助やタルトたちと同じ高校に通っている。

CONTENTS

女子には誰にも言えない
秘密があるんです！

山本充実

講談社ラノベ文庫

口絵・本文イラスト／かわいまりあ
デザイン／ＡＦＴＥＲＧＬＯＷ
編集／庄司智

プロローグ

俺のクラスには清流院《せいりゅういん》タルトさんという女の子がいる。

清流院財閥と呼ばれる大企業の社長令嬢で、大金持ちのお嬢様。さらには英国人とのハーフで、金色の髪に青い瞳、愛らしい顔立ちをした美少女で、スタイルまで抜群に良い。成績も常にトップを走り、運動もそれなりにこなし、性格も穏やかで人望も厚く。まさに非の打ち所のないような完璧な女の子だ。

そんな誰からも好かれるおしとやかなお嬢様が今――


なぜか神社の裏の雑木林でサンドバッグを乱打していた。


「まったく、なんだって、言うのよ！」

『バスッッッ！　ドゴッッッッ！　ドスッッッッ！』

おまけに格闘技に疎い俺でも見とれてしまうくらいビシッとフォームが決まっている。

凛《りん》としていて格好良くて、動きのたびに揺れる胸がちょっぴりエッチで……。

ただそのすべてが、普段の清流院さんからは信じられないくらいに過激すぎて。

見とれる以上に、俺はとっさに木の陰に身を隠し、驚きで言葉を失ってしまった。

なにこれ。え？　夢でも見ているのか俺は……。

「なんであたしが触れただけで割れるのよ、あのボールはっっっ！」

そんな中、清流院《せいりゅういん》さんの口からはさらに荒っぽい言葉が飛び出す。拳《こぶし》が振るわれるたびに吊《つ》るしている金属製の鎖や木の枝はきしみ、サンドバッグが大きく揺れる。

「あぁもう、こんなんじゃ完璧なお嬢様からは遠いし！　いくらマネしても、お姉ちゃんみたいになれないじゃないのっっっっっっっっっっ！」

『ズドッッッッッッ――――！』

さらに清流院さんがトドメとばかりに回し蹴りを放った瞬間、サンドバッグが宙に投げ出された。吊るしていた金属の鎖が千切れたのだ。

サンドバッグは俺の隠れていた木の方に飛んできて、激しい音を立ててぶつかる。

えぇ!?　ちょ、どんな力で蹴ったんだ清流院さん！

俺の心臓はすでにバクバクと高鳴り、信じられない光景への驚きで腰が抜けそうだった。

「あ、またやっちゃった……。チタン合金製でも長く使ってるとダメね」

だが当の清流院さんは日常茶飯事とばかりに、軽く溜《た》め息をつくだけだ。

「あ～、暑いわね。汗かいちゃった……」

さらにはブラウスの胸元にパタパタと風を送ると、そのまま上から順番にボタンを外し始める。胸元が開いていき、中からは豊かな丸みと、それを包む桃色の下着が顔を出す。

こ、今度はなにをしてるんだっ⁉　やばい、とにかく見ちゃダメだ――

だが俺が視線を逸《そ》らそうとした瞬間、さらに信じられないことが起きた。

「やっぱりつけたままだと、汗でムレちゃう……」

清流院さんは胸元に手を入れると……ぷるんっ、と胸のひ、ひとつを外、外、外して取り出した。

その大きなお胸を脇に抱えると、また手を入れてもうひとつも取り出す。

え？　胸が外れた……すなわちサイボーグ、じゃなくて、ええと、あれだ……

「……胸パッド」

あまりに信じられない光景に、俺はわずかながらも声を出してしまった。

「っ⁉　…………あ、あんた、確か同じクラスの…………」

それに気づいたのか、清流院さんが青い瞳を見開いてバッチリと俺の姿を捉える。

「見られたからには、殺す……っっ」

しかも突然の殺害予告である。

清流院さんは間髪《かんはつ》入れずに地を蹴ると、俺に向かって突っ込んできて――⁉

「戦《せん》　姫《き》　斬《ざん》　刀《とう》　拳《けん》　っっっっっっっっっっ！」

――夕日に染まる雑木林に、清流院さんの可愛らしくも凛《りん》とした声が響き渡った。

第一章　天才にして完璧な双子と普通すぎる俺

クラスには必ず数人くらいは、いまいち顔と名前の一致しない人がいないだろうか？

クラスの輪に溶け込めてはいるけど、その輪の隅っこの方にいるイメージで。

現にうちのクラスの男子にも、九十九《つくも》武助《たけすけ》というまさにそんな感じの人間がいる。

もうそいつときたら平凡で、容姿も成績も運動も平均的で、特徴もなくてパッとしなくて。仲の良い友達にも、たまに「お前って地味だよなぁ」とかイジられるくらいで。

まぁ正直なところ涙が出そうだけど、あえて言おう。

俺のことだ。


だがそんな俺にも転機がおとずれた。

高校二年になって最初の授業で、俺はうっかり教科書を忘れてしまった。

そんな俺に、隣の席だった女の子が気づいて机を寄せて、「良ければ一緒に見ませんこと？」って、自分から教科書を見せてくれたのだ。

それが清流院《せいりゅういん》タルトさんだった。

彼女は学校にリムジンで来るようなお金持ちで、成績優秀で運動神経も抜群。彼女には同じクラスに一卵性双生児の姉がいるのだが、揃《そろ》って校内では絶大な人気を誇っている。

そんなステキな人が偶然とはいえ隣の席で、しかも優しく肩を寄せて教科書を見せてくれるなんて……俺にとっては夢のような出来事だった。

ただ男女問わず人気がある分、クラス中の人がうらやましそうに俺のことを見ており、かなり気まずかった。「なんでお前がタルトさんと……」って感じだ。

でもそのときに俺は気づいたんだ。

俺は周りの目を気にするよりも、まずはそんな自分を変えられるように努力をすることが必要なんじゃないかって。

現に清流院さんは周りなんて気にせず、一所懸命に授業に集中している。

そんな横顔を見ていたら、俺も清流院さんみたいになってみたいって前向きに思えた。

俺はその日からずっと、清流院さんに憧れている。


そして、清流院さんに憧れはじめてから一ヵ月ほど経《た》ったある日の放課後のこと。

俺は帰り道に通った近所の神社の境内裏で、たまたま清流院さんの姿を見かけた。

その服装は、発育の良い胸をブラウスで包み、黄色いリボンをつけ、その上には白いブレザーの上着。下半身はチェック模様のスカートという、学校と変わらない制服姿だ。

足を包む黒のオーバーニーソックスも、いつも通りに脚線美を飾っている。

けれど……外見は変わらなくても、雰囲気は全然違っていて。

サンドバッグを叩《たた》きのめし、胸からは盛りまくりのパッドを外し、あげく俺の姿を見た途端に一直線に襲いかかってきて——

「戦《せん》　姫《き》　斬《ざん》　刀《とう》　拳《けん》　っっっっっっっっっっっっっ！」

清流院《せいりゅういん》さんは俺に駆け寄りながら、おもむろに手刀を振り上げてきた。

俺の頭の中には瞬時に清流院さんがサンドバッグを叩きのめしている姿がフラッシュバックする。あ、あんな力で殴られたら完全にやられる！

「あんたの顔がボコボコになるまで乱れ打っ———」

「ちょ、せめて胸は隠してからにしてくれっっ⁉」

それはもう自分でも呆《あき》れるくらいアホな最後の言葉だった。

でも胸元を開けっぴろげな女の子に迫られたら、他に何を言ったらいいかわからなくて。

「っ〜〜〜〜〜———きゃっっっ⁉」

だが次の瞬間、清流院さんの頬が燃えるように赤くなったかと思うと、なぜか急に恥ずかしそうに『ぎゅ〜〜っ』と目をつぶってしまった。

そのせいで距離感が摑《つか》めなくなったのか、清流院さんは走り込んだ勢いのまま俺の身体《からだ》にぶつかってきた。あわてて俺は受け止めるものの、勢いに負けて一緒に倒れてしまう。

「いってぇ……」

「え？　あ、ご、ごめん、大丈夫……？」

わずかに土煙があがり、視界がさえぎられた。清流院さんの柔らかな太ももが俺の足に絡み、密着した髪からは甘い匂いを感じる。

「って、そ、それよりあんた、あたしの胸の秘密を見ておいてただで済むと思って――」

ほんのわずかな土煙の中で、清流院さんが俺の顔の横に手をついて身体を上げる。

同時にかすんでいた俺の視界も次第にはっきりとしてきて……

「「へ…………？」」

瞬間、俺と清流院さんは間の抜けた声をもらしてしまった。

転んだり、俺の身体とこすれたせいだろうか。清流院さんの桃色の下着の留め具が見事に外れ、胸の真ん中からぱっかりと左右に開いていた。フ、フロントホック……。

もちろんそうなると、俺の目には自然と下着の中が見えてしまうわけで。

不可抗力的に見えたのは普段の豊かな胸……とはもちろん違う、ぺったりと微笑ましいくらいに平坦な胸だった。

わずかながらも存在する膨らみが一所懸命に主張しているようで可愛らしい。

「「な……」」

それを見た途端、俺の全身が湯沸かし器にかけたように熱くなった。心臓が飛び出しそうなくらいに高鳴り、初めて見た年頃の女の子の胸に頭が溶けそうになる。

同時に、俺の上では清流院《せいりゅういん》さんが耳まで真っ赤になっていた。

「きゃ、きゃあああっっっっっっっっっっっ」

一拍おいて、清流院さんが両手でそのちんまりとした胸を押さえた。

さらには落ちていた胸パッドをあわてて拾うと、

「うぅ、ひっくく、とにかく今日のことは忘れなさい、絶対に忘れなしゃいよねっっっ！」

口が回らないくらいに大泣きしながら、雑木林の中を駆けていった。

よくわからないけど、清流院さんって…………偽乳ってやつ？

——その日、俺は清流院タルトさんのとんでもない秘密を知ってしまった。

◆

清流院さんの秘密を知った翌日。

俺は内心「どうしたものか……」と悩みながらも、いつも通りに登校した。

けれど教室に入ると、普段通りに隣の席で清流院《せいりゅういん》さんがクラスの女子たちに囲まれて和気あいあいと談笑をしていた。おしとやかな微笑《ほほえ》みを浮かべ、胸も大きなままで。

え？　もしかして昨日のって、俺が見た夢だったとか……？


だが昼休みになったとき、清流院さんに動きがあった。

授業終了のチャイムが鳴ると同時に、なぜか俺の方に近づいてくると、

「九十九《つくも》くん、ちょっと来てくださる？」

可憐《かれん》で上品な微笑みを浮かべつつも、俺の袖をつまんで引いてきた。

「え？　う、うん。わかった」

俺は友達や他のクラスメイトに見られると後で何か言われそうなので、授業終了直後の喧噪《けんそう》に紛れるようにして清流院さんと一緒に教室を出た。


袖を引かれるままに連れてこられたのは、学校の裏庭だった。

周囲には植え込みと花壇があるだけで、他に人の気配はない。

こんな場所でなんの用事だろう？　なぜか少しドキドキする……。

「え、えっと、清流院さん？　それで話って……うおっ⁉」

俺の問いに清流院さんが振り向く。そしてなぜか今度は俺の肩を押してきた。

俺は押されるままに、近くにあった校舎の壁に背中をつけてしまう。

「え、ちょ……？」

あわてる俺をよそに、清流院さんはにこにこと上品に微笑んでいる。

「言いたいことがあるなら、言ってくださって構いませんわよ？」

「は、はい？」

だがそんなおしとやかな表情のまま、妙にトゲのある言葉をぶつけてきた。

「だから……」

俺が首をかしげると、清流院さんはふいに目をつぶった。

そしてふたたび開けると、

「言いたいことがあるなら早く言いなさいよねっ！　覚悟は出来てるんだから！」

さきほどまでの「全人類を愛します♥」みたいな慈愛に満ちた、もう漫画とかだったら目の中にハートマークや星が輝いてそうな表情から一転。

猫みたいに目尻の上がった、凛《りん》とした勝ち気そうな表情に変わる。

「あたしのこと、ちらちら見て……脅すつもりなんでしょ⁉」

「えぇっ⁉」

その表情の変化と過激な言葉に、俺はドキッとしてしまう。

まさかそんな風に思われているなんて！

「いや、そんなつもりはないよっ。一応、昨日のことは忘れなさいって言われたし。普通に黙ってる気だったけど……」

「なっ……ふ、普通は脅したりするでしょ。だってあんな秘密を知ったのよ！」

信じてないのか、清流院《せいりゅういん》さんは依然として唇を噛《か》んで涙目になりながら睨《にら》んでくる。

う、う〜ん、どうしたものか。ひとまず最初から話した方がいいのかな？

「待って。秘密って、清流院さんの胸がパッド入りだったってこと？」

俺は軽く深呼吸をすると、思いきって切り出した。

「そうそう。あたしの胸がパッド入りで実は小さくて、もうまな板みたいにド貧乳で」

「うん」

「って誰がド貧乳よっっっっっっっっっっっっっっっっっ⁉」

『ドゴスッ！』

俺が思わずうなずくと、清流院さんがすごい勢いで拳《こぶし》を放ってきた。

だが赤面しながら、なぜか目すらつぶって拳を放っていたため狙いはめちゃくちゃで。

結局は俺の顔から三〇センチ以上離れた校舎の壁に激突する。

壁にはうっすらと亀裂が入り、パラパラと表面がはがれ落ちていた。

ちょ、老朽化が進んでいる壁とはいえ、なんてパンチ力だ⁉　す、すごい！

「あ……壁が……ふぇ……また、あたし……」

けれど清流院さんは目を開けると、まるで自分の行動が信じられないかのように壁を見つめていた。手は大丈夫そうだけど、なんだかすごく悲しそうな目をしている。

「せ、清流院さん？」

「…………っ」

足の力が抜けたかのように、ぺたんっ、と清流院さんがその場に尻餅をついた。

「うぅ……っ……脅した、ければ、脅せばいいのよ……っ。こんな偽物の胸を詰めてて、すぐに手が出る子なんて、お嬢様失格でしょ……」

さらには宝石みたいに澄んだ青い瞳を閉じて、ぐしぐしと必死に手でぬぐい始める。

もしかして泣いてる⁉　うぅ……そんなに思い悩んでたのか清流院さん。

「あんただって、幻滅したんでしょ……。あたしが、本当はこんなだって知って……」

「いや、確かに驚きはしたけど。……で、でも女の子の大事な秘密だし、俺は本当に周りに言うつもりはないよ。本当に！」

「…………」

「ただ……」

「っ？　なによ、お金……？」

「そ、そうじゃなくて、はじめから説明してくれないかな。俺、正直いまいちわかってなくて。胸パッドのこととか、昨日の雑木林での格闘技の練習のこととかさ」

「興味、あるの……？」

ちらりと清流院《せいりゅういん》さんが俺を見上げてきた。

涙で潤んだ瞳で見つめられ、俺の鼓動が思わず跳ね上がってしまう。

きょ、興味か。確かに俺自身、清流院さんに興味が……ある。ありまくる。

「そっか。そうね。話せばわかってくれるかもしれないわよね……」

俺がうなずくのを見て、清流院さんは諦めたように薄く微笑《ほほえ》んだ。

「あたしね、実は見ての通り全然お嬢様らしくないの……」

そして大きく息を吸うと、うつむきながらもポツポツとこぼし始める。

「清流院家の娘なのに勉強とか礼儀作法が苦手で、お父様にも褒めてもらえなくて。だから完璧にこなせるお姉ちゃんが羨ましかった」

「お姉さんって、双子のお姉さんのこと？」

「うん。だからあたしね、一所懸命に勉強して、胸にパッドも入れて、お姉ちゃんのマネをしてるのよ。みんなに認めてもらえるように、立派なお嬢様に見えるように」

あぁ、だから学校で見る姿と本性にギャップがあるのか。

「でも頑張ってマネしようと思っても、なりきれないの。髪は痛みやすくて伸ばせないし……。格闘技が好きで、そればかりやってたからかしら。思考も行動も変に加減が利かなくなっちゃって、熱くなるあまり力の加減を間違えて体育の時間にバレーボールとかを割っちゃったりして……」

俺の頭の中では、清流院さんがバレーボールにスパイクを決めようとして盛大にボールを破裂させていた。う、うん。確かにこれは周りも驚くかも。

「でも胸のこととか性格のことはわかったけど、昨日は神社の裏で何をしていたの？」

「あ、あれは………息抜き」

つぶやきながらも、ほんのりと清流院さんの頬は赤く色づいていた。

「いつもは普通の女の子っぽくしようって我慢してるから、たまに思いっきり身体《からだ》を動かしたくなっちゃうの。でもそこをあなたに見られちゃって。それに胸も……」

清流院さんが顔を真っ赤にしてうつむく。

俺もどう答えていいかわからず、ただ顔を熱くするばかりだった。

ともあれ清流院さんの本当の姿は、勝ち気で格闘技が強くて、胸の小さい女の子だった。

普段のお嬢様らしい振る舞いは、一所懸命に背伸びをしていた結果らしい。

「どう？　やっぱり幻滅したでしょ。仮面優等生で」

清流院さんが瞳に涙をためながら、困ったように微笑む。

確かにその話は、俺の胸に刺さった。

嫌うよりも……尊敬するような意味で。

「清流院さんは、すごく頑張ってるんだな……。俺の比じゃないくらい」

「へ……？　な、なに言ってるのよ。空回りばかりだってば……」

清流院《せいりゅういん》さんが俺を見上げ、目を丸くする。

「それに、なんであなたと比べることになるの？」

「え、あ……」

俺はあわてて自分の口を押さえる。だが清流院さんに見つめられ、どうにも気まずい。

こ、これって言うしかないのかな？　かなり恥ずかしい話なんだけど。

「いや、俺って普通で地味で、あんまり目立たないからさ。実はそれが嫌で……ええと」

「…………？」

途中で俺が言葉を切ると、清流院さんが首をかしげる。

「やっぱり言わなきゃダメ？」

「だって、興味あるし……」

そっか、興味が……って、清流院さんが俺に!?　な、なら話した方がいいのかな？

「ん……笑わないで聞いて欲しいけど、実は俺はそんな自分を変えたいんだよ。自分探しというか、特徴的になってみんなに認めてもらいたくてさ」

「…………」

「で、でも努力の仕方がわからなくて全然ダメで。実は昨日神社を通ったのも、平凡な自分を変えたくて、せめて帰り道くらいは普段と変えてみようと思った結果なんだ……」

とりあえず言い切ったものの、俺の顔はすっかり熱くなってしまっていた。

さわっ……と木々を揺らす風が、やたらと頬に涼しく感じてしまう。

うぅ、反応もないし気まずい。特別になりたいとか中二病かって感じだよね。

「あ、ご、ごめんね。聞き入っちゃってた」

って、聞き入ってたの⁉　平凡な俺の話に！

「いやいやいや、むしろ俺は清流院さんの話に聞き入ってたよ！　俺と違って頑張ってるし、格闘技がめちゃくちゃ強いところとかも特徴的で驚いたよ！」

俺が顔を真っ赤にして否定すると、なぜか清流院さんの顔も一瞬で赤くなる。

「な、なに言ってるのよ⁉　あたしはあなたみたいに普通というか、常識がある方がすごいと思うわ。だってあたしなんて暴力的だし、変に特徴的なせいで失敗ばかりだから」

しかもなにを思ったのか、俺のことを褒めてくれた。

聞き間違いじゃないよな？　すごいとか、はじめて言われた……。

「それに、あたしなんて本当に空回りばかりだもん……」

「それは俺だって同じだよ。あんまり意味のあることも出来てないからさ。せめてどうすればいいのかさえわかれば、努力のしようもあるんだけど」

俺が頬をかくと、清流院さんも困ったように微笑《ほほえ》む。その表情は普段とは違うものの、ひとりの年頃の女の子という感じがしてとても可愛かった。

「ふふ……変なの。あなたは『普通』が嫌で、あたしは『特徴的』なのが嫌なんて」

「うん。しかもお互い、自分を変えたくても上手《うま》くいってないなんてさ」

逆を目指してるのに似てて、似てるけど逆を目指してて。なんだか面白いかも。

「……待って！　ねぇ、今考えたんだけどさ。逆ってことはあたしたち……」

と、ふいに清流院《せいりゅういん》さんが真剣な表情で俺を見つめてきた。

だが言葉の途中で急に顔を真っ赤にしたあげく、なぜか妙にもじもじとし始める。

「ご、ごめんね……耳、貸して？」

俺がその場にしゃがんで耳を向けると、清流院さんがそこに手を添えた。

さらにこそばゆいくらいの吐息で俺の耳を撫《な》でながら、恥ずかしそうにつぶやく。

「あたしたち、パートナーになった方がいいんじゃない？」

その言葉を聞いた途端、俺の鼓動が一段と速まる。

「か、勘違いしないでよね、そういう人生のパートナー的なアレじゃなくて！」

なぜか依然として耳打ちの形式で、清流院さんが必死で俺に弁解してくる。

いや、勘違いうんぬんより、く、くすぐったくて、ドキドキする……っ。

「だからあたしが立派なお嬢様になれるように、あなたがアドバイスしてくれたらいいなって。変に焦ったり暴力的な部分が出たりしないように、あなたの普通の価値観で」

「う、うん」

「あ、もちろん無償じゃなくてね？　あたしのそばにいれば、自然とあたしがまた変な行動をしそうになった場合とか、突飛《とっぴ》で特徴的なところが見られるし。それをマネとまではいかなくても、普通から脱出するための参考とかにすればいいじゃない？」

「なるほど。ギブ・アンド・テイクってやつか」

特徴的になりたい俺と、普通の思考が欲しい清流院さんだからこその助け合いか。

「なんとなく上手くいきそうだけど……でも、俺なんかでいいの？」

「バ、バカ、あなただからいいんでしょ！　あなたみたいに普通で、それに唯一あたしの秘密を知ってる人だから協力できるんじゃない。あなた以外いないでしょ？」

俺が返すと、心底恥ずかしそうに噛《か》み噛みになりながらも清流院さんが耳打ちしてきた。

そっか。俺だからいいんだよな。うん。って、あれ？　みょ、妙にドキドキする。

「とにかく、受けてくれるってことで、いいのかしら？」

「あぁ、もちろん」

「本当!?　えへへっ♪　じゃあ、これからパートナー同士よろしくね」

俺がうなずくと、清流院さんは勢いよく立ち上がった。

そして一瞬もじもじしながらも、しゃがんでいた俺に手を差し出してきた。

ドキッとしながらも、俺は手を取って立ち上がる。格闘技を習っていたり、ものすごく強いわりに、その手はとても柔らかくて温かかった。

「じゃあ詳しい活動内容とかは明日のお昼にまた話しましょ？　だからその前に、一応……れ、連絡先教えてくれる？　秘密の関係だし、表向きにはあまり話せないし……」

「あ、そっか。確かに必要かもね」

俺は納得すると、携帯を取り出してメールアドレスと電話番号を交換した。

これって何だかんだ言って、学校で人気者の女の子とメアドを交換したってことか。

「あ、あたし、男の子の登録したのはじめてかも……」

「え？」

「な、なな、なんでもないっ。とにかくよろしくね。えっと、こ、これで明日から、あたしがお姉ちゃんみたいになれるように手伝ってくれるのよね？」

「うん。突飛《とっぴ》なところとか見てアドバイスしたり、ついでに色々と学ばせてもらう」

「そ、そっか。えっと、見るからには、あたしから目を離しちゃダメだからね？」

「え？　うん。わかった」

互いにうなずくと、清流院《せいりゅういん》さんは胸に手を当てながら恥ずかしそうにうつむいてしまう。

な、なんだろう、このむずがゆい空気。まぁ明日から頑張れそうではあるけども。


ともあれこの日から、清流院さんは憧れの存在から一緒に頑張るパートナーとなった。

第二章

天才と爆砕の双子と新たなキャラを探す俺

時は流れ、翌日の放課後。

夕日が辺りを照らす中、俺は校門横の茂みの中にしゃがんで身を隠し、じっと清流院タルトの姉——清流院シュクレさんがやってくるのを待っていた。

タルトからの情報だと、今日は生徒会の定例会議があるらしい。そしてそろそろ、その会議を終えてシュクレさんが昇降口から出てくる頃だ。

ここから昇降口は完全に一直線。出てくるところを見逃すことはない。

「よし、撮るぞ……」

俺は首からさげていたカメラを、スッと構える。

そう。これから俺はこのカメラでシュクレさんを盗撮しなければならないのだ！

——ことの始まりは昼休みにまでさかのぼる。

俺が学校の裏庭で待っていると、約束どおりに清流院さんがやってきた。

「おまたせ。誰にも見られてないわよね。変にドキドキしちゃう……」

「うん。誰もいないと思うよ。俺、さっき一応調べたから大丈夫」

セミロングの髪をもじもじといじるその姿に、自然と俺の鼓動も高鳴る。

なんだかんだで俺、学園一の美少女と密会してるんだよな……。

でも照れてる場合じゃない。俺は男なんだし、ここはリードしないと。

「ところで清流院《せいりゅういん》さん、今日から俺たちパートナーだけど――」

「あ、ちょっと待って。『清流院さん』って、あたしのことかお姉ちゃんのことか話してわからないかも。よければ『タルト』って呼んでくれない？」

「そっか。けど名前で呼んだりしていいの？」

「うん。その代わりパートナーなんだし呼び捨てでお願いね。話し方も普通でいいから」

「わかった。じゃあ………タ、タルト」

うぅ～、さすがにこれは恥ずかしい……。呼べって言っておきながら、清流院さん……じゃなかった、タルトの顔もなぜか真っ赤になってるし。

「っ……そ、そうだ、俺のことも『武助《たけすけ》』でいいからさ」

「へ？　あ、うん……たけ……」

俺が必死に鼓動を抑えていると、タルトがおもむろに口をぱくぱくとさせる。

まさか早速、俺の名前を呼んでくれるのか？

「たけ………っ………」

ごくり……っ。

「無理〰〰〰〰〰〰〰〰〰〰〰〰〰────────っっ⁉」

だが寸前のところでタルトは頰を真っ赤にすると、ぶんぶんと激しく首を横に振る。

「だ、だだ、だって予想以上に恥ずかしすぎ、じゃなくて、えっと。わかった。あなたって普通だし、モブスケって呼ぶことにするからっっっっっっ⁉」

「ちょ、モブキャラ扱いかよ⁉」

「あだ名よあだ名。そんなに嫌ならやめるけど……」

「いや、まぁ俺も結局タルトって呼び捨てにするし、いいけどさ」

むしろパートナーだから、俺も自然体で呼ばないとな。照れちゃうけど。

「そ、それより協力関係のことなんだけどねっ。あたし、いいこと思いついちゃったの」

照れ隠しなのか、タルトが赤くなりながらも話題を変えてきた。

うん？　いいこと？

「よく考えたらモブスケって、一年生の頃からお姉ちゃんと同じクラスよね？」

「ん？　あぁ、そうだけど。よく俺が同じクラスだったなんて知ってるな」

「お姉ちゃんがよくあなたのこと話していたもの。小さい頃に会った友達に似てるって」

「え？　あ、あぁ。そうなんだ？」

「うん。だからね、一方的な手伝いになって悪いんだけど……あとで絶対に埋め合わせはするから、今日はあたしにお姉ちゃんのことを教えてくれない？」

あぁ、なるほどな。お姉さんみたいな女の子になるには、お姉さんと二年も続いて同じクラスの俺に印象とかエピソードを聞くのが早いと思ったのか。

まぁ確かに俺は、お姉さん――シュクレさんと話すこともあったけれど。

――そう、あれは去年の文化祭。

俺はシュクレさんと同じクラスで演劇の出し物をやった。

くしくもそれは当時別のクラスだったタルトがやった演目とまるで同じ、シンデレラだったのだが、結果として出し物の人気投票でもミスコンでも姉妹は同点一位になった。

さらにその人気に押され、シュクレさんは生徒会長に。タルトは演劇部などから助《すけ》っ人《と》を頼まれるようになり、やがて学校公認で部活動補佐役という特別な役職を与えられた。

とまぁそんな双子の逸話の片隅で、俺はジャンケンに負けてイジワルな姉Bという、女装のあげくシンデレラ役のシュクレさんを足蹴《あしげ》にするひどい役をやらされたんだけど。

でもあれだ、代わりに演劇の練習中にシュクレさんと少しだけ話せたっけ。

『もしかしたらって思っていたのですけど、小学生の頃に会いませんでしたか？』

って、むこうから俺に話しかけてきてくれて……

『ごめん、よく覚えてないけど……同じ学校だった？』

『い、いえ、違いますけど。あの、公園で、一日だけ、その……っ』

『うん？』

『いえ、すみません。人違いでした……』

ってやりとりをして…………………あれ？　接点それだけ？

「……？　もしかしてモブスケ、あんまりお姉ちゃんのこと知らない？」

「あ、あー……ごめん。実際そんな知らなかった」

「そっか。ん～……残念だけど、でも大丈夫。これからふたりで調べていきましょ」

タルトが肩をすくめながらも、軽く微笑《ほほえ》んでくれる。

「ありがと。でも、あれ？　調べるもなにも双子のお姉さんのことだろ？」

「あ、ご、ごめん。あたしも実はあまり知らないの。あたしね、家でも優等生モードＯＮのままだから。お父様や家の者に喜んでもらえたら、それを切るに切れなくなっちゃってね。演技がバレちゃうといけないから、家族ともちょっと距離を取ってて……」

「そうなんだ？　てか家でも気を抜けないって大変だな」

「うん……まぁね。それに、お姉ちゃんって中学に入った頃から急にお部屋に入れてくれなくなって……。たまに本を読んでるけど、何を読んでるかも教えてくれないの」

「そんなに秘密主義なのか？」

「うん。だから今日は、モブスケにお姉ちゃんのこと知るために色々と調べてきて欲しいかも。あたしが調べると、また変な勘違いしちゃうかもしれないから。モブスケなら『普通』な目線で調べられると思ったんだけど……お願いしちゃダメかしら？」

タルトが少し申し訳なさそうに、上目づかいで見つめてくる。

う〜ん、ろくにシュクレさんのこと知らなくてアドバイスできなかったし、ここは受けてあげた方がいいのかな。パートナーの初めてのお願いだしな。

それにシュクレさんも本当にすごい人だから、俺が新しい自分になるための参考になるかも。

「わかった、やるよ。シュクレさんがどんな人なのか調べればいいんだよな」

「ほんと⁉」

「うん。なら今日の放課後、何時頃がいい？」

「へ？」

だが俺が予定を聞いた瞬間、タルトがこてんっと首をかしげる。

「いや、いやいやいや。え？　待ち合わせて、一緒に調べるって話だろ？」

「え？　でもあたし家庭教師が来る日なんだけど……。だからお願いって言ったの」

「あぁ、なるほど……。って、いきなり単独行動かよ！」

「あぅ……ごめん。あたし勉強が苦手だから、日頃からしておかないとダメで……」

タルトは恥ずかしそうにうつむいてしまう。

「あれ？　でもテストとかは姉妹そろってすごく出来てたけど」

「それはあたしが家庭教師の人に見てもらったり、自主勉強とかしてるから。してなかったらたぶんモブスケよりも出来ないし、テスト中に焦っちゃって全然ダメだもん……」

タルトが涙目になりながら、しゅんっと肩を落とす。

しまった。素朴な疑問のつもりで聞いたけど、タルト的には深刻な悩みなのかも。

「あー……わかった。とりあえず、話を進めてくれ」

「ん、ありがと。なら話を戻すけど、今から家の者にカメラとメモを持ってこさせるから、今日中にお姉ちゃんのこと調べてきてくれる？　写真とか撮ってきて欲しいの」

「写真かぁ……って、撮るってもしかして隠し撮り？　そもそもなんで撮るんだよ」

「だってお姉ちゃんっておしとやかに微笑《ほほえ》んでばかりで、それ以外の表情ってあたしですらあまり見たことがないから。そ、それに隠し撮りじゃなくて調査よ、調査」

「ふぅん。まぁ確かにいつも微笑んでるイメージではあるけど」

でもそこが可愛いんだけど。『癒される』って他の生徒からもすごい人気だし。

「それに、もうひとつ理由があるの。あたしって頑張ってそっくりになろうって振る舞ってるときでも、怒ったり驚いたりすると身体《からだ》が勝手に反応して動くことがあって……」

「ん？　あぁ、なるほど。昨日のド貧乳のときの――」

「な……っっ！」

瞬間、タルトが自分の胸を押さえて顔を真っ赤に染め上げる。

「こ、ここ、これでも自分で毎日揉《も》んで努力を重ねてるわよっっっっっっっっ⁉」

タルトは目をぎゅっとつぶると、急に思いっきり回し蹴りを放ってきた。

だがやはりタルトの革靴のつま先は、俺の鼻先すらかすめずに通りすぎていく。

うお⁉　当たりはしなかったけど、今のはびっくりした。

だって急に来たのはあるけど、それ以上にスカートで蹴りなんて放つもんだから、柔らかそうな太ももとか、そ、その奥とかが見えそうだったし……。

「あっ！　ご、ごめん、あたし、また⁉　顔が赤いけど当たっちゃった⁉」

「ちょ、いや、待って、てかそもそもなんで目をつぶって蹴ったりするんだよ」

「なっ⁉　し、仕方ないでしょ！　ただでさえ怒ると勝手に身体《からだ》が動いちゃうんだから。それに怒ってる以上に恥ずかしいと、つい力みすぎちゃって……」

怒るとすぐに手が出るってのは聞いたことがあるけど、恥ずかしいと手元が狂う？

まぁ顔が赤いときはすごく声も震えてるし、そういう体質なのかな。

「っ……わ、わかったわよ！　むしろ蹴って欲しいなら、あたしも本気を——」

タルトがふたたび足を振り上げ、今度は凛《りん》とした表情で俺を蹴ろうとしてくる。

しかも今回は目を開けて、狙いもバッチリと俺の顔面を捉えようとしていて。

「ちょ、まっ⁉　わ、わわ、わかった、わかったから待って！」

俺の言葉に、タルトが寸前で足を止める。風圧で髪が舞い、俺は本気でびびってしまう。

ただそれ以上に、結局はスカートの中が見えそうになっちゃってて⁉

「わ、わかった、タルトは強いし、本気になればサンドバッグとか吹き飛ばせるし、壁にひびも入れられるけど、それが上手《うま》くコントロール出来なくて困るってことだよな」

俺はタルトの太ももに目線が引き寄せられそうになるのを必死にこらえながら、蹴ってきた足に手を添えて下ろさせる。

「うん……。だから、直るまでモブスケにも迷惑かけるかもしれないけど……」

「いや、俺は大丈夫だけどさ。今までのも結局当たってないから」

てか全部外してたってことは、胸の話題になったときも怒る以上にすごく恥ずかしかったってことかな？　もしかしてタルトって極度の恥ずかしがりやなのかも。

「ま、まぁとにかくわかった！　気にしてることを言われたら怒って当たり前だとは思うけど、ただ少しくらいは直した方がいいよな。い、色々と見られるとまずいしさ」

活発な素《す》の姿とか、無防備な、その、スカートのあれとかさ。

「うん……。だからこそ、写真を参考にして色々研究したいのよ。この際めずらしい表情なら何でもいいわ。あたし、もっともっとお姉ちゃんのこと知りたいの」

タルトが胸元に手を当て、まっすぐに俺を見つめてくる。その視線は真剣そのものだ。

「わかったよ。ちょっと突飛《とっぴ》なアイデアだけど、普通な俺にはちょうどいいか」

「ほんと？　えへへ、なら撮影よろしくね？　えっと……また夜に電話するから」

俺がうなずくと、タルトは携帯を口元に当てて嬉《うれ》しそうに微笑《ほほえ》んだ。

よく見ると、その口元には小さく八重歯が覗《のぞ》いていた。活発そうで可愛らしい。

今までおしとやかに微笑んでるのは見てきたけど、口を開けて笑ってるところとか見たことがなかったから気づかなかった。ちょっと可愛いかも……。

それにパートナーってやっぱりいいな。今まで一人だった分、すごく楽しいし心強い。

うん。そのパートナーのためにも、頑張ってみるか！


——そして放課後。

俺は約束どおりシュクレさんを『盗撮』……じゃなくて、『調査』をするために校門のそばにある植え込みに隠れていた。これから正面に見える昇降口からシュクレさんが現れ、校門まで——俺の隠れている方まで真《ま》っ直《す》ぐに歩いてくるはずだ。

俺はその姿……しかもめずらしい表情を、カメラに収めなければならない。

おまけにうちの学校はそこそこ校則が厳しいので、昇降口の前には登下校時の生徒の身だしなみをチェックすべく生徒指導の先生が立っている。

ジャージ姿をした若い女性なのだが、なかなかに厳しいことで有名な先生だ。

もちろん見つかるわけにはいかないし、正直かなり難しい作戦だが……問題ない。

先生の方はそろそろ下校する生徒が減ってきたので、校舎の中に引っ込むはずだ。

そしてシュクレさんのめずらしい表情の方は、とあるトラップが解決してくれる。

そのトラップこそ……エ、エロ本！

俺の手の中にはちょうど昨日友達から押しつけられた一冊の本がある。『コミック・エロエロ大王　春号』。その表紙では着物を着崩した女の子が艶《あで》やかに微笑んでいる。

「う～ん、エ、エッチだ」

でも真面目なシュクレさんとは一番かけ離れた物だし、まさに未知との遭遇のはず。

「これを見つけたら、さすがに驚いたり赤面したりするかも。あとは上手《うま》く撮るだけだ」

と、そんなときちょうど昇降口からシュクレさんが出てきた。しかもひとりで。

カメラを向けると、レンズの中でシュクレさんが腰まで伸びた金色の髪を揺らしながら歩いてくる。やわらかくて優しそうな目元に、ミルクプリンみたいに真っ白でもちもちと弾力のありそうな肌。薄《う》っすらと赤く色づいた頬。

口元にはわずかに微笑みが浮かべられており、もちろん胸もメロンみたいに大きくて。

髪の長さをのぞけば、優等生モードのときのタルトとまさに瓜二《うりふた》つだった。

シュクレさんは昇降口を出ると、そばにいた生徒指導の先生と話しはじめる。

そしてしばらくすると、俺の見立て通りに先生が校舎の中に引っ込んでいく。

シュクレさんも目を逸《そ》らしているし……今がチャンスだ！

俺はエロ本をシュクレさんが通るだろう道の真ん中に設置して、すぐに茂みに戻る。

するとちょうどシュクレさんが、ゆっくりとこちらの方へ歩いてくる。

「あら？」

と、シュクレさんの足が止まる。どうやら俺の置いたエロ本に気づいたようだ。

シュクレさんは足早にエロ本に近づくと、おもむろに拾い上げてページをめくる。

きた、きたきたきた！　あとは早く、早くレアな表情を見せてくれれば……！

「…………（ぽい）」

だがその表情は……見られなかった。

シュクレさんはふいに落とし主を探すかのように周囲を見回した。そして誰もいないことに気づくと、興味をなくしたように本をそばのゴミ箱に入れて歩みを再開したのだ。

……………………あれ？

ちょ、なんで⁉　校内のあんな目立つ場所にエロ本ですよ！　普通は驚いたり、どこのバカが置いたんだって思うじゃん。てか完全にゴミ扱いですけど⁉

……いや、この際それはどうでもいい。

問題なのは『これ以上は作戦がない』ということだ！

自信満々に引き受けといてどうするんだ俺⁉　タルトになんて言うんだよ！

なんか手に汗かいてきたし。や、やばい、マジでやばい。とりあえず撮るか⁉

俺は茂みの前を通り過ぎて行くシュクレさんの姿を、必死でカメラに収める。

うぅ、最悪だ。もうなんか最終的に通り過ぎられて、後ろ姿しか撮れない……。

――と、俺が軽く半泣きになりながら意味もなく撮っていると、校門を出ようとしていたシュクレさんがふいに俺の方を振り返った。ふわっと長い金色の髪が揺れる。

え？　どうしたんだろう。忘れ物でもして昇降口に戻るとか？

と思っていると、シュクレさんはなぜか俺の隠れてる茂みの方へと近づいてくる。

ん、なんでこっちに来たの？　てか、え？　今、レンズ越しに目が合った⁉

次第に俺の胸の高鳴りが別の意味の高鳴りへと変わっていく。

いや、ないよな？　バ、バレてるとかさすがに――


「うふふ、どなたですか？　盗撮なんてしてる変態さんは」


瞬間、俺の心臓が激しく跳ねあがった。

そしてガサガサと茂みをかき分けられ、俺はみごとに発見されてしまう。

「ダメですよ？　夕日に向かってカメラを構えたらレンズが光ってバレちゃいますから」

「あ……え……うそ……バレ……た？」

俺は震えながらカメラを下ろす。

「あら、九十九《つくも》さん？」

するとシュクレさんが口元に手を当てて驚く。

そ、そりゃそうですよね。クラスメイトが盗撮してるとか驚きますよね。

って、驚きの表情⁉　これは間違いなくレア！

『パシャ……』

俺は挙動不審になりながらも、とっさにその表情をカメラに収めた。

やった。これで目的は果たせた！

「うふふ、見つかってからも撮るんですね」

「あ、い、いや、これはっ」

「いいんですよ。やっぱり九十九さんは変態さんだったんですね♪」

シュクレさんがにっこりと満面の笑みを浮かべる。

しまった墓穴を掘った。これじゃ本当に変態そのものじゃないか！

「いや、ちがっ……というか待って。『やっぱり』ってどういうこと⁉」

「いつかこういうことをしてくださるって信じてました」

「は？　それって前からこういうことすると思われてたってこと⁉」

なんで？　まるで心当たりがないっ！　で、でもとにかく弁解しないと！

「いや、違うんですシュクレさん。これには深い理由があって！」

「どんな理由ですか？」

「え？　だからタル……」

って保身のためとはいえタルトに頼まれたとは言えないよ。大事なパートナーだし！

「っ……いや、とにかく違うんです！　俺は変態とかじゃなくて！」

俺は取りつくろうために必死になる。

しかしそのとき、誰かの足音が近づいてきた。

「ん、どうしたんだ清流院《せいりゅういん》。帰ったんじゃなかったのか？」

しかも若い女性の声——間違いなく先ほど昇降口にいた生徒指導の先生の声だった。

さ、最悪だ！　こんなとこ先生に見られたら完全に停学。いや、退学かも⁉

「いえ、何でもないですわ先生。ちょっと茂みの中に落とし物をしてしまいまして」

だがあわてる俺をよそに、シュクレさんはかき分けていた茂みをサッと戻してくれた。

……え？　シュクレさんが俺をかばってくれた？

よ、よくわからないけどありがとう！　今の内に先生がどこかに行ってくれれば——

「あ〜、落とし物か。なら先生も探すのを手伝うぞ」

ってダメじゃん⁉　しかもめっちゃ人の良さそうな感じで茂みに近づいてくるし。

面倒見がいいのはいいけど、俺を見つけたら面倒なことになりますよ先生！

「いえいえ、いいんです、わたしが自分で探しますので！」

だが寸前のところで突然シュクレさんが先生を押しのけ、俺の上に倒れこんできた。

同時に甘い匂いがしたかと思うと、シュクレさんの豊かな胸が目前に迫ってくる。

俺はなすすべなく押しつぶされ、むにゅ～っと柔らかい感触が俺の顔を包みこむ。

つきたてのお餅みたいに温かくて柔らかな感触に、俺の頭がピリピリと痺《しび》れる。

ちょ、シュクレさん⁉　胸、当たってるどころじゃなくて！

「すみません……っ」

俺の耳元であやまると、シュクレさんは顔を赤くしながらも急いで体勢を立て直す。

「だ、大丈夫か清流院《せいりゅういん》？　急に転んだりして」

「えっと、はい、大丈夫です。盗撮してる変態とかもいませんし、大丈夫です！」

「変態……？」

先生がいぶかしげに眉をひそめる。

一方でシュクレさんは赤面しながら、『違います⁉』とすごい勢いで首を振っていた。

もしかして焦っているのだろうか。

「あれです、その、春はそういう人が多いらしいですから。というか、校門の向こうでそういう人をさっき見たような、見なかったような……」

「なに⁉　それは本当か！」

「は、はい。見てきていただいた方がいいかと……」

「うむ、そうだな。少し見てくる！」

シュクレさんの言葉に、先生は血相を変えて校門の向こうへと走っていってしまう。

さすがに生徒会長の言葉ともなれば信頼度が違うのだろう。

でも、そもそもなんで俺をかばってくれたんだ……？

「九十九《つくも》さん、今のうちに裏庭の方に身を隠しましょう。お話もありますので！」

「え？　うん、わかった」

ともあれ、俺はひとまずシュクレさんの提案に従うことにした。

◆

俺はシュクレさんとふたりで学校の裏庭まで来た。

辺りに人気《ひとけ》はなく、俺はやっと落ち着くことができる。

「ふふ、さっきは見つかりそうですっごくドキドキしましたね、九十九さん」

俺が身体《からだ》についた葉を手ではらっていると、シュクレさんが振り向いた。

ふわりと浮かんだスカートを後ろ手に押さえ、頬を赤くしながら微笑《ほほえ》むシュクレさん。

その可愛らしい姿に、俺はむしろさっきよりもドキドキしてしまう。

って、デレデレしてる場合じゃない。な、何で助けてくれたのか聞かないと。

「あのさ、そういえば、どうして俺を助けてくれたの？」

「うふふ、何をおっしゃるんですか九十九《つくも》さん。同じ仲間同士じゃないですか」

「え？　仲間？」

「はい。仲間、ですよね？」

首をかしげる俺を見て、なぜかシュクレさんも小首をかしげる。

あれ？　何がどうなってるんだ？

「あの、なら九十九さんは何でわたしのことを盗撮していたのですか？」

「え、いや、それは……」

何でって、そりゃタルトに頼まれたからだけど……でもそれは言えないわけで。

「変態なんですよね？」

「って単刀直入に言われた⁉」

ちょ、いくら特徴的でも『変態』って。全然胸とか張れないし、さすがに嫌だよ！

ここは弁解しておかないと。

「ち、違うよ。俺は変態とかじゃなくて、ただシュクレさんの隠された部分をカメラに収めようとしてただけで……」

「隠された部分？」

「あ、いや別に変な意味じゃなくてね？　シュクレさんに真の姿を見せて欲しくて……」

「あら？　もしかしてわたしのことにも気づいてらしたんですか？」

「え？」

「そうなのですか～。なら余計に九十九さんも変態を隠さなくて大丈夫ですよ！」

なぜか突然、シュクレさんが両手を頬に当ててまさに感激といった表情で見つめてくる。

「はい？　いや、『なら』の意味がよくわかんないけど、とにかく俺は変態では……」

「大丈夫です。お気持ちはわかりますけど隠さなくていいです！」

そういうとシュクレさんはいきなり俺の両肩を摑《つか》んできた。しかも真剣な顔で。

ちょ、なんだこれ、話がわからん⁉

「だってわたしの真の姿に気づいてくださっていたのですよね。わたしの仲間なのですよね⁉　それを示すために盗撮していたんですよね！」

シュクレさんはテンションが上がりすぎたのか、直接俺の身体《からだ》に抱きついてくる。甘い匂いが鼻をかすめ、むにゅ～～っと柔らかな胸の感触に思わず鼓動が高鳴る。

す、すごい柔らかい。これがさっき俺の顔に……じゃなくて、だから何事なんだ⁉

「いえ、だ、だから、わた、わたしも――」

「え、なに？」

「わたしもっっ」

「はい？」

「わたしも同じ変態ですからっっっっっっっっっっっ！」

変態ですからっっ　変態ですからっっ　ですからっっ　からっっ――

俺の頭の中で、シュクレさんの叫びがこだまする。

『シュクレさん　＝　変態』

そのあまりに成り立たない等式に、俺はまるで事態が飲み込めない。

「え？　今、なんて言ったの……？」

「わたしは変態なんです。ほ、本当に変態なんですっ。というかお気づきでしたよね？」

「は？　いや、え？」

「わかりました、証拠をお見せします……」

俺の内心の焦りに気づいたのだろうか。

シュクレさんはなぜかその場で上着を脱ぎ、ブラウスのリボンを外し始めた。さらに俺の前だというのに迷いなく、胸元のボタンをプツプツと外していく。

「ちょ、あの……シュク……シュクレさんっっっ⁉」

俺はどうしていいかわからず、平凡な男子らしく成り行きを見ていることしかできなかった。だ、だってこのシチュエーション自体が普通じゃないわけで⁉

とか思ってる間にシュクレさんは思い切りよくブラウスの胸元を左右に開いていた。

「ちょ⁉　待って、女の子はもっと自分を大事に——」

俺はさすがに制止をかけようとするが、時すでに遅し。中からは大人の雰囲気の漂う黒い下着と、それに包まれた魅惑的なふたつの果実が……

「な……なんじゃこりゃ——っっっ⁉」

……出荷を待つ荷物のごとく細めの縄で縛られていた。

たわわな胸の上下を縄が縛り、さらに谷間の中心にも縄が走り、なんだか胸の官能的な形をより強く押し出すようにデコレーションされている。

お腹《なか》の下まで縄が繋《つな》がってるとこを見ると、完璧に縛ってるっぽい。

「そ、それどうしたの？　もしかして家族が？　虐待？　折檻《せっかん》？　相談に乗る？」

俺が尋ねると、シュクレさんはわずかに目を伏せて頬を染める。

「自分で縛りました」

「自分で⁉」

なんというマニアックな趣味っっ！

言葉を選ばなきゃただの変態じゃねぇか⁉

「わたし、エッチなことが大好きなんです！」

しかもそんなに元気いっぱいに言われても！　複雑だけど可愛い⁉

「てか待って。俺、落ちてたエッチな本をシュクレさんがスルーするの見たんだけど」

「はい。あんな本に興味はないので」

シュクレさんは、それこそ平然とした顔でうなずく。

あれ？　今エッチなことが大好きって言ってたのに。

「『コミック・エロエロ大王』ですよね。あんなただ裸が載っているだけのノーマルなものに興味ありません。あれのどこがエッチなんですか」

「は？」

「わたしはもっとハードでディープな縛ったり叩《たた》いたりが好き好き大好きなんですっ！」

趣味が偏っている⁉

「まったく、どなたか知りませんけど何が『エロエロ大王』ですかっ。落としておくなら『激縛りSMマガジン』とかにしてくれないと困りますっっっっっっ！」

「何の話だ⁉　しかも何で熱くなった⁉」

何にせよ可愛らしいクラスメイトのお嬢様が平然と縄で縛られた胸元を開けっぴろげにして、エッチな本のことでこんなに熱くなってるなんてすごい光景だけど……。

「あの、わかった。シュクレさんが変態っぽいのは百歩譲って認めよう。むしろ認めるしかない。けどその、俺にカミングアウトして何の意味が……」

「だって九十九《つくも》さんも変態なんですよね？　仲間だなって」

「えぇ⁉　お、俺が仲間⁉」

「だって同じ変態ですよね？　盗撮もしてましたし。それに、わたしを変態の道に引き入れてくださったのは九十九さんですよ！」

「知らねぇよ⁉　なにその予想外な返しと展開⁉」

「ほら、一年生の頃に演劇でシンデレラをやりましたよね。あのときイジワルな姉役の九十九さんに蹴られ踏まれしたときから、わたし……何かが目覚めてしまって♥」

「知るわけないだろ⁉」

「でもあれは訓練された変態的な踏み方でした。わたしはこれでも小学生の頃からエッチな本を愛読してますが、あんな経験は初めてでしたよ。マジ尊敬《リスペクト》です！」

「ちょ、そもそも訓練なんて受けた覚えが……って、その話だとすでに小学生の頃から変態だよね⁉　俺のせいじゃないよね⁉」

「あら？」

「というか俺が仮に変態だと認めたとして、なんの得があるんですか」

「それは……」

シュクレさんがふいに口元に人差し指を当てて、寂しそうに微笑《ほほえ》む。

うん？　どうしたんだろう。

「実はわたし、誰にもこの趣味を話せなかったんです。だから本当の意味で心を許せる方がいなかったのですが……今日、ついに九十九《つくも》さんと巡り会うことが出来たんです」

シュクレさんが俺に近づき、先ほどの人差し指を俺の口に当ててきた。

突然の間接キスと、目の前に迫る下着一枚に包まれた豊かな胸に、俺の心臓はこれでもかと跳ね上がる。

「九十九さん、わたし、お願いがあるんです……」

頬をほんのりと染めながら、シュクレさんが潤んだ瞳で見つめてくる。

ちょ、や、やばい、こんなに可愛い顔と魅力的な身体《からだ》で迫られたら、どんなお願いでも思わず聞いちゃいそうかも。たとえエッチなお願いでも、俺……。

「九十九さん、わたしと――」

「わかった。俺で良ければ何でもするよ！」

ってなに先走ってるんだ俺っっっ⁉　いや、これは勝手に口が動いただけであって、俺がエッチなことを期待しすぎて気持ちがはやったとかでは断じて――

「良かった、ならわたしとお友達になっていただけるんですね！」

――って、友達⁉

あまりに予想外な可愛らしい提案に、俺は内心で驚愕《きょうがく》してしまう。

「わたし、今まで趣味の合う方がいなくて友達が出来なかったんです。趣味がバレるのも怖かったですし……」

シュクレさんがふいに俺の手を取ってくる。その手は緊張からか少し震えていた。

「でも九十九さんとは変態同士ですし、これではじめてのお友達が出来ました……っっ」

シュクレさんの瞳は嬉《うれ》しさのあまり涙で潤んでおり、宝石のように輝いていた。

その純粋なまなざしと温かな手の感触に、俺は自然と胸が高鳴ってしまう。

こんなに喜ばれたら、今さら『変態じゃない』とか言えないよ⁉

「どうしたんですか？」

シュクレさんが涙を溜《た》めた目で心配そうに見つめてくる。

そのダメ押しのような一撃に、完全に俺は胸を撃ち抜かれてしまった。

うぅ、ダメだ。俺と友達になりたいって一所懸命にお願いしてくれたり、子犬みたいに可愛く甘えられたら、顔が熱くなっちゃう……。

いや待て、それに成り行きだとしてもこれはチャンスじゃないのか？

シュクレさんと友達になればそばにいられるし、タルトに頼まれた調査もやりやすい。

俺もシュクレさんを近くで見てれば、特徴的なところを学べるかもしれない。

変態だって勘違いされてはいるけど、むしろ良い方向に転がりそうな気がする！

これでシュクレさんまで喜んでくれるなら一石二鳥、いや一石三鳥だ！

「えっと、こ、これからよろしくね」

「あ、はいっ！　こちらこそよろしくお願いします♪」

俺が内心で決意を固めて微笑《ほほえ》むと、シュクレさんも人懐っこい笑みを浮かべてくれた。

その笑顔はやっぱり可愛くて、友達になれたことを素直に嬉《うれ》しく感じてしまう。

「あの、ところで九十九《つくも》さん。この後はお暇ですか？」

とか思ってたら、シュクレさんがおもむろに俺の顔を覗《のぞ》いてきた。

「よろしければ、さっそく一緒に遊びませんか？　お互いを知る意味でも」

「え、それは……エッチなお誘いってこと？」

「はい♪」

シュクレさんが今までで一番晴れやかな微笑みを浮かべる。

そっか……エッチな……って嬉しいけど、いきなり過激すぎる⁉

「ええと、例えばどんなこと？」

「盗撮がお好きなようなので、わたしのヌード写真とか撮っていいですよ♪」

「え？　マジですか⁉」

写真撮らせてくれるのか。それはタルトからの頼みも達成できるしありがたい……わけないだろ！　ヌード写真とか、たとえレアな姿だとしてもタルトに渡せないよ⁉

でも理由もなく断るのもあれだよな……。

「う～ん、ご、ごめん。実践はまだ早いというか、実はちょっと夕飯の買い物があって。両親が共働きだから家事とか分担してさ。買い物は俺の担当なんだよね」

「そうですかぁ。ならそのお買い物にわたしもご一緒したいです」

「え？　一緒に？」

「わたし、お友達とおしゃべりしながら帰ったり寄り道したりするのって夢だったんですよね。もちろん九十九さんが良ければですけど」

「あ、うん。それは構わないけど。むしろ俺で良ければ」

「えへへ、ありがとうございます。ならまずは、いっぱいおしゃべりしましょう♪」

シュクレさんが可愛らしく微笑みながら、俺の腕に自分の腕を絡ませてくる。

その素朴で愛らしいお願いと腕に当たる胸の感触に、俺の顔は赤熱してしまう。

む、胸元開けたままだから黒レースのブラが、お胸が、その谷間が見えて、しかもブラの上から覗く生の部分が俺の腕に触れてるんだけど……！

「九十九さん、どうしました？　早く行きましょう♥」

「いや、わかった。ただその、胸はしまってくれる？」

俺は必死で視線を逸《そ》らしながら指摘する。

うぅ、前途多難すぎる。……妹は格闘少女で、姉は姉で変態とは。

ただ特徴は超絶に立っているので、そこは本当にすごい。

俺も近くで見ていれば、こういう風に特徴的になれるのだろうか……。

エッチなお願いに釣られないように気をつけながらも、色々と学んで行きたいところだ。

第三章

俺と双子と日替わりデート　シュクレ編

俺たちが通う学校から一キロほど離れたところには駅がある。そこは町の中心部で、駅からつづく商店街も夕方ともなると多くの買い物客で賑《にぎ》わっていた。

だがそんな賑わう中だというのに、

「うふふ、九十九《つくも》さんとデートできて嬉《うれ》しいです♪　でも遠慮なさらずいつでも手元のリモコンを最強モードにしてくださって大丈夫ですよ。足腰立たなくなるくらいでも……わ、わたしドMなので大丈夫です♥」

「い、いやいやいや、そんなリモコンもらってないから。捏造《ねつぞう》しないで」

「あ、ごめんなさい、渡しそびれてました」

「本当にあるの⁉　でも、もらっても困るよ。心の準備とかもあるから……っっ」

俺の隣では、シュクレさんが意味不明な言葉を連発していた。周りに聞かれないように小声ではあるものの……すさまじくドキドキするし、対応にも困ってしょうがない。

「あのさ、シュクレさんっていつもそんな感じなの？　エッチなことに興味しんしんというか、あけっぴろげというか……」

「へ？　いえいえ、九十九さんの前でだけですよ？」

「そ、そっか。そうだよね。学校だとニコニコしてておとなしい感じだもんね」

「はい。身体《からだ》を縛ってるところも九十九さん以外には見せませんからっ」

「そう……ええと、あ、ありがと」

うぅ、俺だけっていうのが嬉しくはあるけど……エッチすぎるよシュクレさんっ。

「と、とりあえずスーパーに行こうか」

「はいっ♪」

ただ、見せてくれる表情はとても学校では見られないような可愛らしいものばかりで、
俺の隣で小さく微笑《ほほえ》んでくれたときなんて素直に見とれてしまうのだが。

やっぱり、なんだかんだで友達だからかな。すごく心を許してくれている気がする。


スーパーの中に入ると、空調の効いたひんやりとした空気が俺を出迎えた。

俺はカゴをつかむと、野菜や果物の並ぶ青果コーナーへと向かう。

「何を買っていけばいいんですか？」

「んー、カレーだからジャガイモとかニンジンかな」

ちょこちょこと後ろをついてくるシュクレさんに俺は答える。

「カレー……あら？　ジャガイモってこんなにお安いのですね」

「え？　ジャガイモってこんなものじゃない？」

「そうなのですか～。うちは専属の農家から取り寄せるので、よく知りませんでした」

シュクレさんがジャガイモを手にして、不思議そうに見つめる。

専属農家⁉　よくわからないけど、さすがはお嬢様だ。

というかすでに金髪碧眼《へきがん》の美少女がスーパーでジャガイモを持っている光景自体めずらしい。周りの主婦の方々からも好奇の視線を向けられているくらいだ。

「あのさ、シュクレさんって普段は何を食べてるの？」

「んと、今日のお昼は会議に使う資料をまとめながら、カロリーバーを食べました」

栄養補助食品⁉　てっきり豪華なお弁当とかかと思っちゃった。

「意外と質素な食事だね。まぁ確かに忙しいときは、ああいうのがいいけど」

棒状のだと食べやすいしさ。

「うふふ、大丈夫ですよ。一番好きなのは九十九《つくも》さんの棒ですから」

「あぁ、なるほど……って棒ってなんだよ⁉　流れ的にアレか！　アレなのか⁉」

気づくと俺はシュクレさんに大声でツッコミを入れていた。

しかも周りの主婦のみなさんからは白い目で見られている。

「うふふ、九十九さんってさすがですね。こんな場所でシモネタを言うなんて」

「いや、俺はシモネタを言う気はなかったんだけどね。どちらかというとシュクレさんにツッコミを入れただけで……」

「ツッコミ？　あ、もしかして、わたしに突っ込んでくださるんですか？」

シュクレさんはなぜかスカートに手をやると、はにかみながらも裾をたくし上げていく。

柔らかそうな太ももが次第に晒《さら》され、じらすように俺の目を誘う。

「いや、シュクレさん待って。そ、そういう意味じゃなくて」

「あら？　違いましたか」

危ない。てかこれは天然なのか俺のことを誘惑してくれてるのか、どっちなんだろう。

とにかくドキドキするし、可愛すぎて俺の理性が危ないのは確かだけど。

「うふふ、でもわたし、改めて九十九さんとお友達になれて本当に良かったです」

「え？　どうしたの急に？」

「いいえ、いくらお金があっても今までこんなに楽しい時間は手に入りませんでしたから」

シュクレさんは近くにあったニンジンを頬に当てて、にっこりと微笑《ほほえ》んだ。

その様子はたとえ変態でも生徒会長。自然と人を惹《ひ》きつける、魅力に満ちた笑顔だった。

それにこうして俺のことを信頼してくれるのは素直に嬉《うれ》しい。

出来るなら、俺もその信頼に応えたいかも——

「なので友情の証《あかし》に、このニンジンをわたしに挿入してください♪」

「ちょ、それは応えられる自信がない⁉」

しかも挿入ってどこにですか。胸の谷間とか？　絵的にもエッチすぎますよそれ！

「大丈夫、かく言うわたしもはじめてですから！　ふたり一緒なら怖くないですよ♥」

「あぁ、そっかそっか。って、むしろ初がそんなプレイでいいのか⁉」

「バッチこいです♪」

か、可愛い。けど言動が過激すぎる！　でもやっぱり可愛い⁉

シュクレさんはニンジンを二本頭に当て、動物の耳みたいにしながら微笑《ほほえ》む。

ただ、いくら可愛くても本気でそんなエッチなことをやるわけには……！

「あ、すみません、軽い冗談だったのですが……友達が出来たのが嬉《うれ》しくて、つい……」

俺がためらっていることに気づいたのか、シュクレさんが肩を落とす。

えぇ⁉　しまった、なんかわからないけどへこませてしまった⁉

「わ、わかった、シュクレさん。でもまた今度にしよう？　時間のあるときにさ」

「今度……してくださるんですか？」

俺がフォローすると、シュクレさんは薄《う》っすらと涙の溜《た》まった目で見つめてきた。

そのあまりの可愛さに、自然と俺の胸は高鳴ってしまう。

「え、あ……うんっ。今度、今度ね！　また今度、ニンジン……いや、初回でニンジンはあれだからノーマルなプレイでね、うん」

「本当ですか⁉　ありがとうございます！　シュクレ、幸せです……っっ♥」

俺がうなずくのと同時に、シュクレさんが『むぎゅっ』と俺に飛びついてきた。

金色の髪が揺れ、甘い匂いと感触が俺の理性をくすぐる。

「ちょ、シュクレさん⁉」

シュクレさんは両手を俺の背中に回し、胸に頬ずりをして甘えてくる。

よくわからないけど、俺のことをそんなに思ってくれてるの⁉

「そのときは、た～っくさん愛し合いましょうね！　キスもいっぱいして、胸もお尻も触って。ふたりで一緒にラブラブして、気持ちよくなりましょうね♥」

「わ、わかった、キスもするしラブラブもするからっ、ええと、今は落ち着いて！」

スーパーの中なわけだから……って、スーパーの中で俺も変な約束してるし⁉

うぅ、シュクレさんがエッチなお誘いをしてくるたびに理性が揺れる。

我ながら、こんなことで大丈夫なのだろうか。

◆

「は～、楽しかったですね九十九《つくも》さん♪」

すっかり日も暮れた帰り道。俺の横ではシュクレさんが嬉《うれ》しそうに微笑《ほほえ》んでいた。

まさかスーパーに行くだけでこんなにドキドキするなんて。

「では九十九さん、わたしはこの辺りまででいいので」

と、ちょうど人気《ひとけ》のない路地に入ったところでシュクレさんが足を止めた。

「へ？　いや、ちゃんと送るよ？」

「いえいえ、家の車を呼ぶので大丈夫ですよ。それにこんな夜までふたりきりでいたことを父にでも知られたら、九十九さんが大変な目に遭っちゃいます」

「大変な目⁉」

「うふふ、冗談です。でもそれくらいうちは厳しいですから」

シュクレさんは口元に手を当てて少し寂しそうに微笑んだ。

もしかしたら彼女が変な趣味に目覚めてしまったのも厳しさゆえなのかもしれない。同じ境遇のタルトなら少しはわかってあげられるのだろうか？

「ねぇ、そういえば変態なことってタルトは知らないんだよね？」

「ふぇ？」

「いや、そんな不意打ち受けたみたいな顔しなくても」

「た、たたた、タルトちゃんが知るわけないじゃないですかぁっ！」

う、うん。そうだよね。でも急にあわてすぎですよシュクレさん。

「タルトちゃんは真面目な子なんです。お勉強も運動も一所懸命で、昔は格闘技やってたみたいですけど今ではやめてお花のお稽古とかしてすっかり女の子らしくなって。変態を隠すあまり上手《うま》く他人と接せられないわたしなんかとは大違いなんです！」

顔を真っ赤にしながら、ものすごい早口でまくしたてるシュクレさん。

この様子からすると、本当に姉妹同士ですら互いの本質的な部分を知らないようだ。

けどタルトにはシュクレさんのことを教える約束だし、どうしよう？

「そっか。……なら、いつか秘密を打ち明けようとは思ってる？」

「はい。今まで何度も思ったのですけど、結局打ち明けられず……」

「そうなんだ？」

「実は小さい頃に試しにエッチな本を見せたら、タルトちゃんに気絶されちゃって。もしかしたらタルトちゃんってエッチなものやＳＭが苦手なのかもしれません。だからそれからというもの、タルトちゃんに拒絶されるのが怖くて言い出せなくて。わたしはただ、自分が好きなことをタルトちゃんにも知って欲しかったのですけど……」

シュクレさんがうつむいたまま苦笑する。

ん～、確かにそれは言い出しづらいかも。下手するとお互いにトラウマかもしれない。

「だからせめて、タルトちゃんが変態についてどう思ってるかだけでも知れればいいのですけども……。タルトちゃんのことですから、もしかしたら今なら変態すらも受け入れる聖母のような心を持っていてくれるかもしれませんし」

う～ん、まぁ確かにお嬢様モードのときのタルトはそんな雰囲気もするけど。

ただ素《す》のタルトだとどうだろう？　それとなく俺が聞いてみようかな？

……と、俺がそんなことを考えていると、

「それより九十九《つくも》さん、わたしおみやげが欲しいです」

シュクレさんがじっと見つめてきた。

「は？　やけに唐突だね」

「唐突じゃないですよ。さっき買ってくださったじゃないですか」

「さっき？」

あ〜、そういえばシュクレさんが、なぜか犬の首輪が欲しいって言ってたっけ。

ただクレジットカードしか持ってなかったうえに、レジがカードに対応してなかったから、代わりに俺が買ってプレゼントしてあげたんだよな。せっかくのデートだし。

「本当に買ってくださって感謝してます」

「いやいや、俺が買ってあげるって言ったわけだしそこはいいけどさ。でも首輪って大型犬とか飼ってるの？　確かにお金持ちって大型犬のイメージがあるけど――」

「じゃあ、つけていただけますか？」

シュクレさんが何かをねだるように両手で髪を持ち上げた。

金色のカーテンが開かれ、その美しい首元が俺の眼前にさらされ……

さらされ…………………………………………………………

「……はい？」

俺とシュクレさんは長い沈黙のすえ、同時に戸惑いの声をあげる。

互いの心がわからず、だが発した言葉は同じという奇妙な空間がそこにはあった。

いや、実際はわかりあっているのだが、その過激すぎる答えを俺が否定しているのだ。

そう。できればこのまま、わかりあえないふりを――

「わたしの首に、その首輪をつけて欲しいのですけど？」

「で、ですよねー」

作戦失敗！　とぼける余地もなく完璧に言われた！

「はぁ……よくわかんないけど、つければいいんだね？」

しかたなく俺はシュクレさんに近づき、首輪をつけることにする。

だがそうなると必然的に互いの距離が近くなるわけで。

あ……やばい、シュクレさん発育がいいから、ちょっと胸元が触れて……。

「もう少し近づいていただいて構いませんよ？」

そんなときに限って、シュクレさんが一歩踏み出してきた。もちろんそうなると胸がむにゅ～っと密着するわけでして。柔らかくてハリがあって、ぽにゅぽにゅでっっっ⁉

「うふふ、どうしました？　お顔が真っ赤ですけど♪」

俺の内心を見透かしたように、シュクレさんがいたずらっぽく微笑《ほほえ》みかけてくる。

や、やばい、これは完全にお誘いをかけられてる。落ち着け俺⁉

「いえ、べ、べべ、別に何でもないです、断じて気持ちいいとか思ってなくて、えっと、と、とにかくつけますから」

『カチッ』

俺は首輪をつけると、急いでシュクレさんから身体《からだ》を離す。

「わ～、ありがとうございます。えへへ、似合いますか？」

するとシュクレさんは人懐っこい微笑みを浮かべながら、くるりと回ってみせてくれた。

もちろん、首輪よりもその笑顔が可愛い。しかも反則的なほどに。

あ、今気づいたけど首輪とか普通は後ろに回ってつけてあげるよね。勢いのまま前からつけて、余計にドキドキしてしまった。ま、まぁいいけどさ。

「そういえば何で首輪なの？」

「わたしの好きな漫画で、仲良しの印に首輪をあげていたんです」

へ～、漫画と同じことをしたいとか、意外と少女趣味なんだな。ほんわかしちゃうかも。

「これでわたしも九十九《つくも》さん専用のメスわんこですね♪」

「ってエロ漫画じゃねぇか!?」

「う～ん、もしかして似合ってませんか……？」

「え？　あ、いや……そんなことはないよ」

「なら犬派じゃなくて、猫派とか？」

ふと、シュクレさんが心配そうに俺を見つめてくる。なんだか『くぅん……』と鼻を鳴らしながらすり寄ってくる子犬みたいで可愛らしい。

俺はあまりの愛らしさに見ているだけで顔が熱くなり、思わず視線を下げる。

「いや、どっちも好きだよ。か、可愛いし」

「本当ですか？　なら九十九《つくも》さんさえよければ、わたしのこと飼ってくださいね♪」

俺は思わず、「どういうこと？」と疑問を口にしそうになるが、その前にシュクレさんが前屈《まえかが》みになり、俺の顔を下から覗《のぞ》き込んできた。

さらには小さく首をかしげながら、

「わんっ♥」

と、両手をそえたポーズつきで微笑《ほほえ》まれ、俺は完全に胸を撃ち抜かれてしまう。

俺の視線は無意識のうちに、シュクレさんの可愛らしい顔と首輪、そしてブラウスの胸元から覗く柔らかそうな谷間の間をせわしなく駆け回る。

「いや、あの、か、かか、飼うとか言われても、俺はどうすれば⁉」

「うふふ、ご想像におまかせします。例えばですけど、躾《しつ》けとかをしないとですよね」

シュクレさんはおもむろに俺の手に触れると、口元に運び、はむっと指先を甘噛《あまが》みしてきた。直《じか》に触れる体温と唇の感触に、俺の心臓は爆発寸前にまで膨らむ。

「ちょ……⁉」

「ほら、例えばこういうイケナイことをしたら……『めっ♥』って叱るとか」

シュクレさんが口を離し、代わりに俺の口元に自身の指先をちょんっと触れさせた。

「ええ!? むしろこの行為がイケナイというか、俺は別に飼う気とか――」

「ほらほら、次は九十九《つくも》さんの番ですよ♪」

俺のドキドキなんてお構いなしに、シュクレさんがもう一度、大胆にも俺の指を口にくわえて甘噛《あまが》みしてきた。これ、やらなきゃダメなの!?

「えっと………ダ、ダメだよ………」

俺は仕方なく、勇気を出してシュクレさんの頭にぽふっと手を載せた。

すると、なぜか次第にシュクレさんの顔が赤くなっていき……

「これ、意外と恥ずかしいですね九十九さん……♥」

熱っぽい目で俺を見つめると、甘噛みしていた俺の手を自身の手と絡ませ、もじもじと恥ずかしそうにいじりはじめる。温かな指が絡み合い、むずがゆい。

「で、でもシュクレさんがやろうって言ったんだけど……」

「うふふ、イメージトレーニングは何回もしたのですけど、実際に九十九さんとやると、やっぱり恥ずかしいです……♥」

はにかみながらも、シュクレさんは夢的なものが叶《かな》ったから嬉《うれ》しそうだった。耳や尻尾がついていたら、照れながらもピコピコパタパタと振り乱していそうな感じだ。

さっきまでのあまりに大胆な姿とのギャップに、俺の胸の高鳴りもさらに加速する。

「そ、そっか。けど照れちゃうし、まずはやっぱり普通にお友達でいこうよ」

変態だったらまだしも、平凡な俺にはエッチで過激すぎるから。

「そうですね、恥ずかしいですし。ゆっくり躾《しつ》けてくださいね……♪」

わかってるのかわかってないのか、シュクレさんは嬉しそうに微笑《ほほえ》む。

ま、まぁ可愛いからいいけどさ。慕ってくれるのも嬉しいし。

「じゃあ首輪のお返しに、わたしのパンツを差し上げますね」

「って、はい⁉」

「漫画の中ではそうしていたんですよ。んしょ……」

俺が止める間もなく、シュクレさんはいつ誰が通るともわからない夜道で、急にスカートの中に手を入れるとシュルッと下げて俺に手渡してきた。

黒いレースの生地で、高級なものなのかとても手触りがいい。

「じゃあ、わたしはこれで。首輪、本当にありがとうございました」

「いや、これ、ちょっと⁉」

「そのパンツ、かぶってみてくださいね。漫画の中ではそうしているので……♪」

シュクレさんはもじもじと恥ずかしそうに言うと、「また明日、学校でお会いしましょう」とぺこりと頭を下げて去って行ってしまった。

あとには頭が沸騰しそうなくらいに茹《ゆ》で上がってしまった俺と、学校一の美少女が手渡してくれた下着だけが残される。

まぁ、なんだ、よくわからないけど、今日はシュクレさんを見ていて、エッチな漫画とかにあれほど夢中になれるってすごいことなんだなと純粋に感心した。

もしかしたら俺も、夢中になれる大好きな物が見つかれば変われるのだろうか?

◆

「とは言ったものの……」

俺はその日の夜、自室でひとり悩んでいた。

目の前の机には、シュクレさんからもらった一枚のパンツがのっている。

「どうすればいいんだ、これ……」

下着をくれるくらいに心を許してくれている、と思えば嬉《うれ》しいけど……男が持っていていいようなものでもないしなぁ。

とはいえ捨てようかと思うたび、頭の中にシュクレさんの泣き顔が思い浮かんできて捨てられない。タルトのときもそうだったけど、俺は女の子の涙ってのに弱い。

男なら誰でもそうなのかもしれないけど、それ以上に俺には実の妹がいるので、兄貴としても男としても女の子は泣かせちゃいけないと幼い頃から刷り込まれてきたのだ。

「だからこそ処分に困るんだよなぁ」

う～ん……。

あ、そういえばシュクレさんが「かぶってみてください」とか言ってたっけ。

いや、でもさすがに試すのはあれかなぁ。確かに特徴的になるかもしれないけど……俺が憧れてる、みんなに認めてもらえるような存在からは遠いし。

とはいえ、ならどうすればいいんだろう。ひとまず手で持ってみて……

「ちょっとお兄ちゃん！　さっさとご飯食べに来てよ。なにグズグズして――」

ガチャッ。

「…………っ」

いきなりドアが開けられたことに驚き、俺は振り返る。

見るとドアの向こうには妹が立っていた。同じ高校に通う、ひとつ下の妹、小桃《こもも》だ。

俺と小桃はしばしの間、無言のままじっと見つめ合う。

俺の手にはパンツ。

一方で小桃の小柄な身体《からだ》を包むのは、大きめのパーカーに動きやすそうなスパッツ。

母親似の客観的に見ても可愛らしい顔を無表情で固め、ツインテールの髪を揺らしながら小桃が反転。そのまま駆け出そうとする。

「お母さ——」

「わわわわわわわわ、待った待った待った、マジで待ってくれっっっっっっっっ⁉」

俺はあきらめ悪く妹へと駆け寄り、背中に抱きついた。抱きつけた。間に合った！

すぐさま俺は小桃《こもも》の口を片手で押さえつつ部屋に引き戻し、残った手でドアを閉める。

さらに小桃の身体《からだ》を抱えて部屋の奥へ走り、勢いのままベッドに押し倒す。

「なっ、キモいキモいっ、へんたっ——」

「落ち着け落ち着けっ、妹よ落ち着けっっっ！」

小桃が仰向けになり俺の胸を押して立ち上がろうとしてくるが、俺はすぐさま押さえつけて必死に通じてくれとばかりに繰り返す。

「た、頼む、頼むから一度落ち着いてくれ⁉　これはね、深い事情があって、別に兄ちゃんが好きで女の子のパンツ持ってるとかじゃないし、女装趣味とかでもなくて」

「変態変態！　お兄ちゃんが大変なものを盗んできた〜〜〜〜っっ！」

「盗んでねぇよ⁉」

「じゃあそれはどうしたのっっ⁉」

「うっ、こ、これは、これは……」

「これは……？」

涙の溜《た》まった大きな瞳でじーっと見つめられ、俺はたじろいでしまう。

ど、どうしよう。言い訳が思いつかない!?

「こ、これは、とにかく盗んできたとかじゃないから。頼む、信じてくれ！」

俺はとっさに小桃の上から身体をどけると、もう誠心誠意で頭を下げた。

「…………」

すると俺の思いが通じたのか、小桃は困ったように黙り込み、視線をさまよわせる。

「じゃあ…………じ、自分で買ったとか…………そういうことなんだ」

小桃の目が、部屋の隅に積んであった空《から》の段ボール箱に留まる。この間、通販サイトで買った本が梱包《こんぽう》されていた箱だ。

「え？　いや、うん？」

「はぁ……まぁお兄ちゃんも年頃だし、そういうの興味あるのはわかるけど……」

小桃はため息をつくと、目を伏せてもじもじとパーカーの裾をいじり始める。

な、なんか勘違いされてるような気がする。

いや、騒がれるよりはマシだけど。

「でも、平凡とか普通とかよくわからないこと言ってうじうじ悩まれてるよりはいいのかな……。少しは元気になったみたいだし」

小桃は何やら小さくつぶやくと、口元に手を当てながら俺をじっと見つめてくる。

心なしか、その頬は赤らんで見えた。

「えっと、どういうことだ？」

「と、とにかく、これは私が没収しておくから！」

「は？　ちょっ……」

「な、なに未練がましく手を伸ばしてんの、バーカ！　あと、またどうしても欲しくなったら通販使うとか恥ずかしいことしないで……ま、まずは私に相談してよね！」

小桃《こもも》は立ち上がると、机の上に置いていたシュクレさんのパンツを乱暴に摑《つか》む。

そして、「こんな大人っぽいエッチなのが好きとか信じらんないっ」と顔を真っ赤にして俺をにらみつけると、部屋を出て行ってしまった。

あれ？　なんかものすごく誤解されている気がする。

まぁでも、結果的に上手《うま》くいったから良かったけどさ。

はぁ～……あいつも昔は、「お兄ちゃん♥」って可愛く慕ってきてくれたのに――

「あとお兄ちゃんっ！」

とか思ってたら小桃が戻ってきた。

ふたたびの襲撃に、俺の身体《からだ》は完全にビクッとなってしまう。

「え？　ど、どうしたんだよ」

「ご飯できてるから早く来てよ。あと、その……後で私の背中、流しなさい！」

「は？」

「お、お母さんに黙っててあげるんだから、それくらいしてくれてもいいでしょ！　それに最近兄妹の仲が悪いってお母さんに心配されてるし、安心させてあげたいのっ！」

む～～っっと赤くした頬をふくらまして小桃がにらみつけてくる。

えぇ⁉　なんかまた嫌われてる？　う～ん、まぁ風呂に入るくらいいいけれど。

「変な勘違いしないでよね！　相変わらず世話が焼けるんだから……」

小桃はツインテールの一方を片手で払うと、顔を真っ赤にして走り去ってしまった。

どうしたんだあいつ？　でも可愛い妹の頼みだし、聞いてやるのも兄のつとめか。

俺は頬をかくと、夕飯と風呂に向かうべく自室を後にした。

「ふぅ、さっぱりした。って、あれ…………？」

メシと風呂を終えて部屋に戻ると、ベッドの上で携帯が鳴っていた。

画面を見ると『清流院《せいりゅういん》タルト』と表示されている。

俺はベッドに座ると、首をひねりながらも携帯の通話ボタンを押す。

「タルト？　どうしたんだよこんな時間に」

『………え……あれ？　繋《つな》がった？』

「は？　繋がってるけど」

『そ、そっか……。じゃなくてっ、早く出てよね。夜電話するって言ったでしょ？』

一瞬の間を置いて、タルトが妙にツンツンした口調で絡んでくる。

あ、そっか。そういえば、夜に調査の結果を聞くために電話するって言ってたな。妹が風呂で「私も洗ってあげるからスポンジ貸して。む、むしろ貸さないとパンツのことお母さんに言うから！」ってせがむから付き合ったりしてたら、時間が経《た》っちゃってた。

「あー、ごめん。そんなに待たせちゃったか」

『当たり前でしょ。もぉ、早く出て欲しかったのに……』

「そんなに早く聞きたかったのかよ」

『なっ⁉　べ、べべ、べ、別にモブスケの声が聞きたかったわけじゃないし⁉』

「は？　俺の声？　てか何でお前、さっきから声が震えてるんだ？」

『誰の声が震えてるっていうのよ！　こ、ここここ、こんな電話慣れっこだし。この道のプロだし。緊張なんて全然まったくしてないんだからねっ！』

いや、プロってなんだよ。しかもやけに情緒不安定だな。

「まぁお前って友達いっぱいいるから、本当に慣れてはいるんだろうけどさ」

学校ではいつも女の子に囲まれてるよな。

『は⁉　なに言ってんのよ、優等生に見えるように気を張ってるのに、そんな心を許せる友達なんているわけないでしょ！』

「え？」

『へっ⁉　あ、ち、違っ！　と、とと、友達ならクラスに一〇〇人以上はいるわよ⁉』

いや、うちのクラスは三〇人学級だけど……。

「う～ん、よくわかんないけど、なら一番仲のいい子って誰？」

『え？　だからっ……………………………あの、同じクラスの』

「うん」

『……あ、あなたとか？』

っ……ちょっと素《す》でドキッとした。え？　パートナーと同時に友達なのか俺たち。

『って何言わせるのよっっっ⁉』

瞬間、電話越しにバキッと何かが壊れる音が聞こえた。どうやら「ド貧乳」のときのように、怒りと恥ずかしさのあまりに思わず勝手に手が出てしまったようだ。

「いや、お前が言ったんだろ」

まぁ、初々しくて可愛いけどさ。電話とかに慣れてないんだな、タルトって。

『い、いいでしょ別に！　それより調査はどうだったの？』

恥ずかしいのか、タルトが話題を強引に変えてきた。とはいえこれが本題だ。

「あぁ、うん。今日の調査だよな。ええと……」

『もしかして先生に見つかったりした？』

「へ？　何で知ってるんだ？」

『あ……実は気になってね、帰る途中で家庭教師の予定はキャンセルして学校に戻ったの』

「えぇ⁉　それって俺を心配して戻ってきてくれてたってことかよ」

『っ……ま、まぁね。最初からひとりはアレでしょ？　あたしもさすがに悪いかなって思ったし……。モ、モブスケひとりじゃ荷が重いかなって』

照れ隠しなのか、最後にツンツンした口調でタルトが付け足してくる。

う〜ん、勝ち気なところはあるけど、やっぱりタルトってすごく人がいいのかも。パートナーになろうって申し出てくれたり、俺のことを友達って言ってくれたり。

「ありがとな、戻ってきてくれて」

『べ、別に。学校には戻ったけど顔は合わせてないし。むしろ校門のところで、先生に変質者を見なかったかって詰め寄られちゃってそれどころじゃなかったしさ……』

タルトが携帯越しに、ため息をつく。

いや、心配して戻ってきてくれただけでも、俺は素直に嬉《うれ》しいけどなぁ。

『それよりモブスケの方こそ大丈夫だったの？』

「え？　あぁ、色々あったけどシュクレさんとは仲良くなれたよ。ちゃんと話も出来た」

『本当⁉　すごい！　写真だけじゃなくて話までしたのね！　ならお姉ちゃんのことも色々知れたでしょ？』

タルトが嬉しそうに声をあげる。

「あぁ、そうだな。聞いて驚くなよ？　なんとシュクレさんは変た――」

って待て。シュクレさんが変態とかヘタに言えないんだった⁉

ここは慎重に探りを――

『え？　今、なんて言いかけたの？　もしかして……変態？』

瞬間、俺の口から心臓が飛び出しそうになってしまった。自然と額には汗がにじむ。

や、やばいっ、ほとんどバレてる⁉

「あ、あ～……どうだろう。そうだったらインパクトがあって面白いとは思うけどさ」

俺はとっさにごまかしながらも、それとなく探りを入れる。

『は⁉　なにが面白いのよ。さすがにきつすぎるじゃない……』

「え……ごめん」

タルトの口から出たのは、どう聞いても変態なんてNGという言葉だった。

気まずい空気が流れ、電話口でお互いに黙り込んでしまう。

『あ、ご、ごめん！　モブスケは冗談のつもりで言ったのよね。あたし、変態とか過激すぎることとかトラウマっていうか、本当に苦手だから、つい……』

一瞬の沈黙の後、タルトがあわててフォローしてきた。

素直に気遣ってくれるのは嬉しいけど……トラウマ？

さすがに初耳かも。

『あたし実は、エッチなものというか、あまりに過激なものを見ると気が遠くなっちゃうの。小学生の頃に身体《からだ》を縛っていたりロウソクを垂らしていたりする気持ち悪い本を誰かに見せられちゃって。それ以来トラウマで……』

んん？　なんだかその話、シュクレさんからも聞いた気がする。むしろそこまでトラウマになってるって、シュクレさんのことを報告とか絶対に出来ないんじゃないのか？

『ところでモブスケ。変態は冗談だとしても、なにを言いかけたの？』

って、早速聞かれてる⁉

「え、あ、いや……変な……変なことは特になかった！」

俺はとっさに返す。

やばい、さすがにここで危険を冒すわけにはいかない！

『は？』

「ええと……ごめん。一日ではさすがにめずらしいところは見つけられなかったというか……。でも写真は撮ったから！」

『え、本当⁉』

俺が写真の話題を振ると、タルトが嬉《うれ》しそうに食いついてきた。

なんとなく、オモチャに飛びつく子猫みたいで可愛い。

ともあれ、なんとか変態の話からは逸《そ》れたか。ふぅ……。

「まぁ、あれだ。明日見せてやるからさ。詳しい話とかも、また明日な？」

『むぅ……早く見たいのに。モブスケのいじわる』

「な、なんでそうなるんだよ。ちゃんと明日になったら見せてやるって」

『うぅ～、あたしは今からでも会いたいくらいなのに……』

電話口でタルトがむくれてしまう。

あれ？　なんだろう、ドキドキする。言葉だけ聞くと甘えられてるみたいで……。

『あ、違うからね！　会いたいって言っても写真を見たいからだからね⁉』

「わ、わかってるよ。でも、そんなに焦らなくても写真は逃げないって」

俺はベッドに横になると、鼓動を必死に抑えながらタルトに伝えた。

『あう……わかった。なら明日まで我慢する』

「あぁ、また明日な」

『うん。またね』

タルトとの通話を終え、俺はベッドの上で大きく伸びをする。

はぁ～……タルトのやつ、そんなに嬉しかったのかよ。まぁともあれ、シュクレさんのことがバレなくて良かったけどさ。

とはいえ真実がタルトに伝えられないとなると、明日からどうしよう……？

第四章　俺と双子と日替わりデート　タルト編

『――コンコンッ』

窓際から聞こえてきた小さな物音に導かれ、次第に俺の意識が覚醒していく。

ふぁ……？　あれ、しまった。いつの間にか寝てた……。

タルトとの電話を終えた後、俺はベッドに横になったまま寝てしまっていたようだ。

携帯を見ると、時刻は零時を回ったところだった。

『――コンコンッ』

……ん？　なんで窓の方から音がするんだろう。ベランダに野良猫でもいるのか？

俺は立ち上がり、なんとなくカーテンを開けた。


「「…………」」


すると閉じた窓越しに、タルトの青い瞳と見つめ合ってしまう。

「ちょ、えぇっつっ！　てかここ二階だけど⁉」

『っ……っっ……っっっ』

俺が大げさなくらいに驚いていると、タルトが口をぱくぱくと動かしながらジェスチャーで『窓を開けて』と示してくる。

俺は動揺しながらも、鍵を外して窓を開けてやった。

「お前、なんでここにいるんだよっ」

「え？　し、深夜のトレーニング、みたいな？　身体《からだ》が鈍《なま》らないように……」

俺が近所迷惑にならないように小声で問い詰めると、さすがにタルトも怒られることは覚悟していたのだろうか。視線を逸《そ》らしながら、指先をもじもじと絡ませていた。

その姿はTシャツにスパッツと、トレーニング中といえばそれっぽいけども。

「まぁそのトレーニング中に、たまたまネットワークを使ってあなたの家を調べて、通りかかって、たまたま近くの木に登って明かりの漏れてる窓を覗《のぞ》いたら、隙間からあなたが見えたから……例の写真を見せてもらおうと思って。ほ、ほら、日付も変わってるし」

「あぁ、なるほど。偶然に偶然が重なったわけだな」

「そ、そうね……あの……」

俺が内心で苦笑しつつも、あえてじっと見つめていると、

「…………ごめん」

タルトは前髪をいじりながら、頬を赤らめてうつむいてしまった。

「で？　なんで来たんだよ」

「うぅ、ごめんね。どうしても会いたくて我慢できなかったの……。写真、見たかったし、気づいたら家を抜け出してて……」

「はぁ……わかったよ。とりあえず上がってくれ」

俺が窓際から離れると、タルトは「ありがと」と可愛らしくはにかみながら、靴を丁寧に脱いで部屋に上がった。

「えっと、お邪魔します」

「うん。あ～……ベッドに座ってて。今、カメラ出すから」

俺はタルトに背を向け、机の上に置いていた通学鞄《かばん》を探る。

う～ん、どこにしまったかな。

って……あれ？　これって、女の子を部屋に上げたってことだよな。

やばいっ、理由はともかく、いざ意識すると無性にドキドキする……。

「そ、それにしてもタルト、ここ二階なのによく来られたな」

俺は緊張を紛らわそうと口を動かす。

「うん？　わりと楽に来られたわよ。こう近くの木に登って、あとは軽く前方宙返りとかでクルッとベランダに着地して」

「いやいやいや、普通は出来ないから!?　さすがの身体能力だな……」

っと、カメラあった。

「ほら、これ」

俺はカメラを出すとタルトに渡した。一緒に確認するため、俺もタルトの隣に座る。

「え？　あ、すごい！　本当にお姉ちゃんのびっくりした顔とか撮れてる！」

するとタルトは途端に顔を輝かせる。手を口に当てて写真のシュクレさんのポーズをマネしたり、なんだかすごく嬉《うれ》しそうだ。

「ありがと、モブスケ。頑張ってくれたのね」

「うん。でも役に立ちそうなのは二〜三枚くらいしか撮れてないけどさ」

そのあとはシュクレさんに変態とカミングアウトされてそれどころじゃなかったし。

「えへへ、十分よ。ありがと♪」

タルトが八重歯を覗《のぞ》かせながら元気に微笑《ほほえ》む。

うぅ、やっぱりタルトの笑顔ってすごく可愛い……。

「え、えーと、これでシュクレさんには近づけそうか？」

「うん！」

タルトは元気いっぱいにうなずくと、また口に手を当てて驚きの表情を作る。

「ずっとこういう顔をしてればいいのよね？」

「違うよっっ⁉」

それだったら、ずっと笑顔の方が可愛い……じゃなくて、ええとっ。

「お前、ずっとそんな顔してたら変な人だろ。確かにシュクレさんはそういう顔をするけど、驚いたときだけだからな。加減はした方がいいって」

「うぅ～……そっか。せっかく調べてきてもらったのに、またあたしが加減できないせいで失敗したら台なしだもんね」

力加減が出来なかったり、身体《からだ》が勝手に動いて壁を割ったり……そんな過去を思い出したのか、タルトがうつむく。

「あー……まぁそういう特徴的なところは、俺が新しい自分を目指すためのヒントになるかもしれないから、いいっちゃいいけどさ……」

「…………っ」

俺がとっさにフォローすると、タルトが顔を真っ赤にしながら見つめてきた。恥ずかしそうに、もじもじと髪までいじっている。

いや、そんな顔されると俺まで恥ずかしくなってくるんだけど。か、顔が熱い……。

「それより写真の他にも、昨日はシュクレさんと買い物に行ってさ」

俺は赤くなった顔を見られないように視線を逸《そ》らし、ついでに話題も逸らす。

だがタルトは黙ったままで、どうにも気恥ずかしい沈黙が続いてしまう。

ちょ、なんか返してくださいよ！　深夜に女の子と部屋にふたりきりなんて、俺、どうしていいかわかんないから⁉　や、やばい、ドキドキしすぎだろ俺……っ！

「あ、あの、タルト。写真も見たし、そろそろ帰らなくていいのか？　家族も心配しちゃうだろ。あれだったら俺が送っていくけど――」

――ふわ。

ふいに甘い匂いがしたかと思うと、俺の肩にタルトがもたれかかってきた。まるで甘えるように体重を預けられ、俺の鼓動はこれでもかと跳ね上がってしまう。

タ、タタ、タ、タルトっっっっ⁉

あまりの状況に、ごくり……っ、と思わず生唾を飲みながらも、俺は必死に鼓動を抑えつつタルトの方に目を向ける。

するとタルトが俺の肩に頬をつけ、金色の髪から甘い匂いを漂わせながら……

「すぅ……すぅ……」

……あれ？　寝ちゃってる？

「タルト？」

呼びかけるものの、タルトは可愛らしく寝息を立てたまま起きる気配はない。

ど、どうしよう。ここまで寝てると起こすのも悪いよな……。

俺は仕方なく、ドキドキしつつもタルトの肩に手を回してベッドに横にしてやった。

もしかして疲れてるのかな。家でも気が抜けないみたいだし。

でも逆に俺の隣で寝るってことは、それだけ俺のことを信頼してくれてるとか……？

「モブ……スケ……ありがと……」

「っ！」

ドキッとして視線を向けると、タルトは目を閉じたまま変わらずに寝息を立てていた。

なんだ、寝言か……。てかこうして見ると、本当に可愛いよな。

「天使ってこういうのを言うのかも……」

って、それより俺の寝る場所がなくなった⁉

どうしよう、ええと、床で寝るしかないか……。

俺はあらためてタルトを見つめ、その愛らしい寝顔や、Ｔシャツがめくれて見えてしまっているおへそ、そして運動中に比べて無防備なほどにとろけてしまっている柔らかそうなお尻に目を奪われながらも、

「か、風邪、引くなよ」

必死に理性を保ちながら、タオルケットをかけてやった。

そして幸せそうな寝顔をチラチラと気にしながらも、床に座布団を敷くと電気を消して横になった。正直、寝られるか自信ないけど……。

「えっと、おやすみ、タルト……」

「ん………」

そんなタルトの甘い吐息だけで、俺はまたドキドキしてしまうのだった。

◆

――翌朝。

俺は床の上で目を覚ますと、横目でベッドを確認する。

だがそこにタルトの姿はなかった。

見るとタルトにかけてやったはずのタオルケットが俺の上にかかっている。

とはいえベランダにはタルトが脱いだ靴はそのままあるので、帰ったわけじゃなさそうだけど。


……どこに行ったんだ？


とりあえず一階のリビングに行くと、一人分の朝食がラップをかけて置いてあった。

時計を見るとちょうど八時。学校には間に合うが、軽く寝坊してしまったようだ。

気配も感じないし、親も妹も先に出かけたのだろう。心なしか少し寂しい。

「う～ん、とりあえず顔でも洗うか……」

俺は洗面所へと向かい、扉を開ける。

すると――

「「…………」」


わずかな湯気の中、一糸まとわぬ姿のタルトが俺に背を向けて立っていた。

胸元にタオルを寄せて、きょとんとした顔で俺の方を振り向いているものの……。

しっとりと水滴の浮かんだ首元や背中、さらには桃みたいに瑞々《みずみず》しくてハリのある魅力満点のお尻までもがバッチリと俺の目に映ってしまっている。

タルトの裸？　すごく綺麗《きれい》だし、お風呂あがりの良い匂いがするけど……え？

状況はわからない。

だがタルトの可愛らしくもエッチな姿に、俺の身体《からだ》は一気に熱くなる。

タルトもタルトで俺の反応に気づいたのだろうか。爪先から耳の先まで、恥ずかしそうにこれでもかと真っ赤に染めていた。

「モブ、スケ？」

「っ――ご、ごめんっっ⁉」

俺はドキドキしすぎて沸騰しそうになりながらも、あわてて扉を閉めようとした。

だがあわてるあまりに、『ゴスッ』と扉に自分の膝をぶつけてしまう。

「いっ――――⁉」

「だ、大丈夫⁉」

　思わずうずくまった俺をタルトが心配してくれる。反射的に一瞬視線を上げると、タルトが胸元にタオルを寄せながら前屈《まえかが》みの体勢で俺を見つめていた。

　バスタオルの横から見える健康的な太ももやお尻のラインにドギマギしてしまい、俺は結局すごい速度で視線を下げるはめになる。

　しかも立って出て行こうにも、膝の痛みのあまり急には立ち上がれない。

「ま、待て、お前、なんでうちの風呂に入ってるんだよ⁉」

「え、あ、これは勝手にとかじゃなくて、お母さんがいいって言うから」

「は？　お母さんって俺の母さんのことか⁉　いつ会ったんだよ」

「えっと、モブスケが寝てるときに起こしに来てくれてね。初めは驚かれちゃったけど、自己紹介したら清流院《せいりゅういん》家の人を生で見られたって喜ばれて、握手してって……」

「ファンの心理⁉　いや、でもなんでいるのかとか聞かれただろ？」

「えっと、聞かれなかった」

「だよな。さすがに理由くらいは……って聞かれなかったのかよ⁉」

「う、うん。あたしが言いにくそうにしてたら、無理に言わなくてもいいって妙に理解してくれたの。そのうえご飯を作ってくれてね、お風呂も使っていいって」

　なっ……母さん、完全におもてなしモードじゃないか！　なぜそこまで……いや、確かによく考えたら母さんの職場、清流院財閥の系列だった気がするけどさ。

「ステキなお母さんよね。あたし、お母さんが小さい頃からいないから憧れちゃった」

タルトは「ああいうお母さんが欲しいな～」とばかりに嬉《うれ》しそうに語る。

「庶民の暮らしって本当に温かくてステキ。ご飯も美味《おい》しかった。モ、モブスケとも、せっかくだし一緒に食べたかったけど……すごくよく寝てたから、後で起こそうかなって」

「そっか。まぁ喜んでもらえたならいいけど……って、ご、ごめん。話してたら湯冷めしちゃうよな。ええと、着替えはあるのか？」

「うん。家の者に頼んで制服とか持ってきてもらったから大丈夫」

「家族の人は心配とかしてない？」

「そっちも平気。昔から仲の良い専属のメイドがいるから、適当に話を合わせてくれるように頼んでおいたの。あの子なら上手《うま》くやってくれると思う」

「な、なら良かった。じゃあ俺はメシ食ってくるから。急に入ってきてごめんな」

俺は極力タルトの方を見ないように気をつけながら、洗面所を出る。湯冷め以上に、タルトが裸なのも忘れて一所懸命に弁解するもんだから目のやり場に困って仕方がなかった。

それにタルトの裸、すごく綺麗《きれい》だった……。

「っ、なにを思い出してるんだ俺は」

俺は頭に焼き付いている映像を振り払いながら、リビングへと向かった。

その後、俺達は学校の準備を済ませ、一緒に玄関を出る。

「いってきます」

「うん、いってらっしゃい、モブスケ♪」

「ちょっ、いや、お前も行くんだろ」

「あ、そっか」

タルトがプリーツスカートを揺らしながら、あわてて俺の後ろについてくる。

「てかさ、車で一緒に行くのは目立つからダメだとしても、歩いて行くのも十分に目立つんじゃないのか？　変な噂《うわさ》とか立ちそうだし……」

「だ、大丈夫よ。あたしが上手《うま》く言っておくから。道案内してもらってたとか」

俺が速度を下げて横に並ぶと、タルトはなぜか頬を赤くしながら視線を逸《そ》らす。

「それよりモブスケ、昨日は急に夜に来ちゃったりしてごめんね……」

「なに言ってるんだよ。いいって。ある意味では前のめりで特徴的だったしさ」

「本当……？　なら、あたしでも少しはモブスケの役に立てたのかな……」

タルトは小さくつぶやくと、気のせいか少しだけ俺に肩を寄せてくれた。髪からはお風呂上がりの甘くて心地いい香りが漂い、俺の鼻をくすぐる。

「へ？」

「っ……えっと、そういえば今日もいい天気よね。お日様が気持ちいい♪」

タルトは顔を赤くして急に話題を逸らすと、ん～っと大きく伸びをした。

まぁとにかく写真は見せられたし、お互いに一歩前進なのかな。

◆

その日の放課後。

ホームルームが終わった後、俺は自分の机に座ったまま考えを巡らせていた。

う～ん、今後どうしよう。清流院《せいりゅういん》姉妹の秘密はお互いに言えないからなぁ。

……ってことはタルトにはシュクレさんの変態的な部分じゃなくて、シュクレさんがたまに見せる『お嬢様っぽいふるまい』とかを教えればいいのか？

で、シュクレさんには変態友達として接して特徴的なところを学びつつも、変態以外の良いところとかを上手く見つけてタルトに教えていけばいいのかな。うん。

あ、教えるといえば、シュクレさんと買い物に行ったことタルトに話してなかった。

あいつ暇かな？　暇だったら一緒に帰りながら……。

「タルト様っ、お暇でしたら帰りにドーナツ屋さんに寄りませんか？」

俺が席を立ちながら目を向けると、すぐ隣の席でタルトがクラスメイトの女子達に囲まれていた。相変わらず、すごい人気である。

さすがに今日は無理かな。俺も早くこれくらい周りから認めてもらえるようになりたい。

「あ、す、すみません。今日は用事がありますの……」

俺が内心で憧れていると、タルトはなぜか誘いを断ってしまった。そして残念そうに去って行く女子達の背に手を振り終えると、ちらりと俺の方を見た。

わずかにその頬は染まり、指で前髪をいじりながら可愛らしくもじもじとしている。

あれ？　俺に用でもあるのかな。

「あ、あの、九十九《つくも》くん……！」

クラスメイトの数が片手で数えられるくらいに減ったのを確認すると、タルトは覚悟を決めたようにぎゅっと目をつぶり、俺の方に向き直り――

「九十九さんっ♪」

「わっっっ⁉」

ぴょんっと子犬が飛びつくようにして、急に反対側からシュクレさんが俺の腕に抱きついてきた。驚きもさることながら、腕が胸と密着することで訪れるミルクプリンのような甘くて脂肪分たっぷりの極上の感触に、俺の意識は完全に奪われてしまう。

「シュ、シュクレさん、どうしたの？」

「うふふ、やっと学校が終わったのでスキンシップです。本当なら一分一秒でも長く九十九さんに触れていたいので、たまにこうして補充しないと」

「ええ⁉　なんか俺って充電器みたいだね」

「そうですね♪　ん〜、でもフルチャージには遠いので、お暇ならこのまま教室に残ってお話ししていきませんか？」

「え？　いいけど、なんで？」

「だから……このままふたりきりになって、イチャイチャしましょう……♥」

シュクレさんは頰を染めながら小さく微笑《ほほえ》むと、俺の耳元に唇を寄せてとってもドキドキすることを囁《ささや》いてくれた。

その可愛らしくも熱を帯びた吐息に、俺は顔から火が出そうな思いだ。

ほ、放課後の教室でシュクレさんとイチャイチャ……。

「ダメ〜〜〜〜ッ！」

と、俺がつい期待と妄想を膨らませていると、急にタルトが割り込んできた。

俺とシュクレさんの間に入り、身体《からだ》を離させる。

「はわっ⁉　び、びっくりしました。タルトちゃん、いたのですね」

シュクレさんは鼓動を整えるように、片手を自身の胸に当てていた。どうやら俺の陰になっていてタルトに気づかなかったようだ。

「お姉様、あの、急に九十九くんに飛びついたりして、どうかいたしましたの？」

一方でタルトも、姉の行動が理解できずに本気で心配そうな顔をしている。

「あ、いえ、あの……人が少なくなってきたので、もういいかなって……」

「なっ……お姉様は九十九《つくも》くんとどういう関係ですの⁉」

「へ？　お友達、でしょうか」

「お友達……？」

タルトが目を丸くしながら、俺とシュクレさんを交互に見つめる。

なんだか変態友達という秘密に触れてしまいそうで、俺の鼓動は自然と高鳴ってしまう。

しまった。シュクレさんと仲良くなったとは言ったけど、友達になったとは言ってなかった。それに過度なスキンシップも変だし、ここは俺が上手《うま》く弁解をしないと――

「あら？　でもタルトちゃんは何で教室に残っていたんですか？」

だがそんなとき、シュクレさんもシュクレさんで疑問を口にしてしまう。

「え、あ……それは、あの、お友達を待っていて……」

「お友達？」

「つ…………九十九くんのことですわ…………」

タルトが耳まで真っ赤にしながら恥ずかしそうにつぶやいた。

「おふたりはそんなに仲が良かったのですか⁉」

当然のことながら、こっちはこっちでシュクレさんに驚かれてしまう。

確かに友達っぽいところ、学校では見せてないもんなぁ……。

とか思ってると、なぜかシュクレさんが急に俺の腕を引いて耳元に口を寄せてきた。

「まさかタルトちゃんも変態友達なのですか？」

「ちょ、ちがうよ！　妙に驚いてると思ったらどんな勘違い!?」

「違うのですか……？」

だが俺が弁解したものの、シュクレさんは頬に手を当てて釈然としない面持ちだ。

これはまずい……。

「と、とにかくタルトもシュクレさんも俺と一緒に放課後を過ごしたいと思ってくれてるんだよね？　なら、三人一緒に過ごすのはどうかな」

俺はもうこの場をなんとかして乗り切ろうと、後先考えずに口走る。

「「でも、出来ればふたりきりで一緒に放課後を過ごしたいんです……っ！」」

けれど次の瞬間、タルトとシュクレさんの声が見事なくらいにハモった。

気づけば教室には俺たちだけが残され、沈黙を時計の秒針の音が埋めている。

「もしかしてタルトちゃんも九十九さんのことが……？」

「お姉様と九十九くんって、そんなに仲が良かったのですね……」

「「どう、しましょう……」」

双子は目を丸くしながら互いに見つめ合い、そして助けを求めるような潤んだ瞳で今度は同時に俺を見つめてくる。

「え、あ……」

よく似た顔をしたとてつもなく可愛い女の子ふたりが、俺と放課後を過ごしたくて熱っぽい目ですがってくる。

さらには自然とふたりの手が俺の服の袖をつまみ、互いにわずかに俺に身体《からだ》を寄せ、それぞれの甘い匂いがシンクロしたように俺の鼻をくすぐる。

ふ、ふたりとも可愛い……っっ。これって、どっちか選ばなきゃダメなのか？　だとしたら無理だよ！　どっちも良さがあるし、どっちと過ごすのも今後のためには大事だ。うぅ、優柔不断だし、互いの秘密がバレる危険もあるけど、俺は……！

「ほ、本当に三人で一緒はダメかな？」

「「でも、ふたりきりじゃないと……」」

「っっ…………」

顔を赤くして目尻に涙さえ浮かべているふたりの姿に、俺の胸がきゅ～っと甘く締め付けられる。これは本当に決めないと。でも決められないいっっ――

「っ……あ、でもタルトちゃんとの方が、いいかもしれませんね」

ふいに、シュクレさんが困ったように微笑《ほほえ》みながらも手を離して一歩下がった。

「へ？　お姉ちゃ……お姉様？」

「タルトちゃん、よく考えたらわたし、昨日九十九《つくも》さんと一緒にお買い物に行っていたのですよね。なので今日はタルトちゃんが一緒に過ごしてください」

お姉さんゆえか、シュクレさんが面倒見の良さそうな微笑みを浮かべる。

うぅ、シュクレさんって本当に妹思いで優しいんだな。こんなに優しくて笑顔が可愛い子なら、余計に一緒に過ごしたくなるところなのに……。

「お買い物……？」

「はい、駅前の商店街に行って首輪を買っていただいたんですよ。ほら、これです♪」

首をひねるタルトに、シュクレさんが胸元のボタンを外して首輪を見せる。

あぁ、タルトが引け目を感じないように証拠まで見せてあげてるのか。本当に優しいなシュクレさんは。もうこれでもかと犬の首輪が見えて…………。


ふたたび、教室の中を沈黙が支配する。


いや、あの、シュクレさん。それ見せちゃまずいんじゃ……。

「あ、いけない！　そういえばわたし、生徒指導の先生に用事があるのでした。ではおふたりとも、良い放課後を♪」

まるで気づいていないのか、シュクレさんは深々と頭を下げると鞄《かばん》を持って教室を出て行ってしまった。

後にはもちろん、俺とタルトだけが残される。

「モブスケ、なに、今お姉ちゃんがつけてたやつ」

「え、あ……それは……ええと……」

「とりあえず駅前まで行きましょうか」

タルトは無表情のままそういうと、俺の服の裾を掴《つか》んで引っ張ってきた。

あれ？　変だな。なんだかさっきとは別のドキドキが……。

◆

学校を出ると、俺はタルトに連れられて昨日の商店街まで来ていた。昨日より時間が早いので、人通りの中には制服を着た高校生や中学生の姿が多く見受けられる。

にしてもなんでタルトはこんな場所に俺を連れてきたんだ？　しかもずっと無言だし。てっきり犬の首輪を見たから、そのことを聞きまくってくるかと思ってたのに。

「……ねぇ、モブスケ。いったいどういうこと？」

と、俺が沈黙に耐えかねてちらりと視線を向けた瞬間、タルトが口を開いた。

あ、やべ。ついに首輪の話か……。

「いや、あれは……て、ていうか、なんの話でしょうか？」

これはもう、話を逸《そ》らすに限る！　……って、あれ？　もしかしてタルト、怒ってる？

肩が震えてるし、これはもしや、例の反射的に手が出るやつが――

「な、なな……なんの話、じゃないでしょうがっっっっっっっっっ⁉」

『ビュオンッ！』

「いっ⁉」

予想通り、タルトが拳《こぶし》を振りかぶって放ってきた。

今までは怒りと同時に恥ずかしさを感じる状況だっただけに狙いを外していたが、今回の怒り成分一〇〇％なタルトの拳は、狙い澄ましたように俺の顔面を捉える。

……かと思った。

だが実際はいつも通りに目をつぶって放たれたため、拳は空を切り。タルトは勢いあまってプリーツスカートの裾を揺らしながらよろけてしまう。

しかもそのまま靴屋の脇に積まれていた段ボールへと、「きゃ⁉」と可愛い悲鳴をあげながら突っ込んでいた。

な、なんだろう、格闘技の練習をしてたときは凜《りん》として強そうだったのに……今はただドジで可愛いだけになってる気がする……。

あわてて駆け足で戻ってくるさまも、なんだか小動物みたいで可愛い。

「ほ、本当にどうしたんだよタルト。なんの話をしてるんだ?」

タルトは怒っているんだろうけど、なぜか同時に恥ずかしがってるみたいだし。

「むぅ、だから、なんであたしに内緒でお姉ちゃんと――っっっ」

だが言葉を言い終える前に、ふたたびタルトが顔を赤くしながら拳《こぶし》を振り上げる。

「ちょ、ま、タルト落ち着け⁉　せめて目を開けてないと当たらないから!　あとさすがに大振りというか……」

「~~~~~~~っっ!」

俺のとっさの言葉に、タルトの顔がさらに赤くなる。

けれど納得したのか、今度は拳を小さく振り上げ、これでもかと俺に近づくと……

「バ、バカ~~ッ!」

ポカッ、と可愛らしく俺の胸の辺りを叩《たた》いた。

なんか今度は慎重になりすぎて、威力に欠けている。

「バカバカバカッ!　なんでパートナーなのに秘密にしてるのよ!　お姉ちゃんと買い物に行ったなんてあたし聞いてないもんっ!　どういうことなのよっっ!」

タルトが顔を赤くしたまま、理性など捨てたようにポカポカと俺を叩いてくる。

近くで見ると色々な恥ずかしさが蓄積した結果か、タルトの顔は耳の先まで真っ赤に染まっていた。金色の髪が揺れ、甘い香りが俺の鼻をくすぐる。

ていうか怒ってるって、俺が買い物のことを話さなかったせいかよ。

「しかもあんなに可愛いチョーカーを買ってあげてるし！　意味わかんない〜っ！」

おまけに、さすがに姉が犬の首輪をしているとは思わなかったのだろうか。首に巻くアクセサリー（チョーカー）だと勘違いしているようだ。

俺は叩かれながらも、シュクレさんの秘密がバレていないことに安堵《あんど》する。

「その、ごめん。本当は話すつもりだったんだけど、言いそびれてたというか……？」

だが落ち着いて辺りを見てみると、商店街中の目が自分たちに向けられていることに気づく。「カップルの痴話ゲンカ？」とかひそひそ話までされている始末だ。

やばいっ、タルトのやつ素《す》を出しちゃってるし、秘密をさらしてるようなものだ！

「ちょっと、なにをよそ見してるのよ!?　あたしは真剣なんだからね！」

「いや、でも一度落ち着いてっ……」

「落ち着けるわけないでしょ！　学校では秘密の関係だから仕方ないけど、放課後ならまた話せるかなって思ったのに！　友達同士で一緒に帰れるって思ったのに！　モブスケってばお姉ちゃんとべたべたしてるし、おまけに買い物ってなによ〜っ！」

だが一度火がついたからには、タルトもそうそう収まらず。

なぜか煙が出そうなくらいに顔を真っ赤にしながらポカポカと殴り続けてくる。

「え？　うん。よくわからないけど、困ったな……」

周囲のざわめきに、俺の中で焦りがつのっていく。

さすがに騒ぎが大きくなると、同じ学校の人とかにも見られるかもしれない。

「わ、わかった、とりあえず場所を変えて落ち着いて話そう！」

俺は仕方なく、とっさにタルトの手首を掴《つか》む。

いや、正確にはタルトが拳《こぶし》を振り上げた拍子に掴もうとしたのだが、少し遅かった。

ちょうど俺の伸ばした手に、タルトの振り下ろしてきた手が当たり……

……もにゅっ。

柔らかな感触が訪れたかと思うと、俺の手は見事なほどにタルトの胸を掴んでしまっていた。本物とくらべても遜色がないほどの、むにゅ〜〜んっとしたマシュマロみたいな甘い感触に、俺の心臓がドキッと跳ねる。

うおっ、胸パッドとはいえ、や、やや、柔らかいっっっ⁉

「モブ、スケ……っ！」

はっと視線を上げると、タルトが口をぱくぱくさせていた。

「ごめんっ、そんなつもりじゃなくて⁉」

俺はあわてて手を離そうとする。が、離れない。

タルトの手が押さえつけていたからだ。

「こ、ここ、これならいくら恥ずかしくても、外さないわよねっ⁉」

タルトは顔を茹《ゆ》で上がらせて半泣きになりながらも、もう片方の手を握って振り上げる。

もはやタルトの目の中はぐるぐると焦点が定まっておらず。「ド貧乳」のときと同じように、怒りと恥ずかしさのあまりに理性が飛んで暴走してしまっているようだ。

ちょ、押さえられると胸に手がうずもれっ……じゃなくて、これはさすがに食らう⁉

俺の脳内に、タルトがサンドバッグを叩きのめす映像や、校舎の壁に軽く亀裂を入れた映像がフラッシュバックする。

これは身をもってタルトの強さを体感するハメになるのか⁉

でも殴られるのは胸に触れちゃったから覚悟できるけど、人前で秘密がバレるような行動をタルトにさせるわけにはいかない！　せっかくタルト自身、頑張ってきたのに！

「タルト、待って、シュクレさんを目指してるなら乱暴は控えてくれっっ！」

「っっっっっっっっっっっっっっ⁉」

俺はタルト自身のためにと、とっさに叫んだ。

だがもちろん、一度怒り、しかも公衆の面前で胸に触られるという恥ずかしすぎる思いをしたタルトが止まるはずもなく。拳はそのまま俺を打ち据え――

「っ……ごめん、モブスケ。そう、ね。お姉ちゃんはこんなことしないのに……」

打ち据えるかと思った瞬間、ギリギリでタルトが震えながらも拳を下ろした。

え……ウソだろ⁉　理性が飛ぶくらいのことをしちゃったのに、おとなしくなった！

もしかして、シュクレさんのことを出したからかな？

「あ、いや、それより場所を変えよう！」

ともあれ周りの目もあるので、俺はタルトの手を引いて近くにあったゲームセンターの中に逃げ込んだ。


俺達はゲームセンターに入ると、店頭を抜けてなるべく人の少ない方へと進んだ。

入り口から少し外れたクレーンゲームコーナーの隅で、俺はタルトと向かい合う。

「ご、ごめんな、事故とはいえ胸にさ」

「……っ、別に、大丈夫だから……」

だがタルトはやはり、顔は真っ赤にするものの手は出してこない。

「うん？　あれ、もしかしてとっさに手が出るクセ、直った？」

「……へ？　わかんない。ただ、モブスケの言うとおりだって思っただけ……」

自分では気づいていなかったのだろうか。タルトはまじまじと自分の手を見つめる。

「俺の言うとおり？」

「だから……お姉ちゃんだったら乱暴なことはしないってこと。モブスケに言われて、やっぱりそうだなって心の底から思っただけ……。殴ろうとしてごめんね……」

タルトは言葉を切り、大きくため息をつく。

「ちょっと待って。……なら一応、試しに言ってみていい？」

「……うん？」

「えっと、タ、タルトのド貧乳」

「…………………うん」

俺が試しに言うと、タルトは顔を赤くして涙目になりながらうつむいてしまった。

ちょ、すげぇ可愛いっ！　まさにイジメたくなる可愛さというか——

って、なにセクハラしてるんだ俺は⁉

「ご、ごめん、変なこと試しちゃって！　ええと、怒ったのも俺が買い物のこと言いそびれてたからだよな。本当にごめん……」

俺は調子に乗りそうになった自分を戒め、素直に頭を下げる。

「本当は昨日の夜に話そうとしたんだけど、タルトが寝ちゃっててさ。それに今日の朝とかも、色々とあってすっぽりと抜け落ちちゃってたんだ……」

「………………？」

「いや、あの、俺、実は女の子が家に来るのとか一緒に登校するのとか……初めての経験なんだ。すごく緊張してて、頭の中が真っ白になっちゃって……」

なんだか自分の女っ気のなさを暴露しているみたいで、俺の顔は熱くなってしまう。

うぅ、言い訳っぽいし、かっこ悪いな俺……。

「へ？　モブスケも緊張してたの……？」

だがなぜかタルトがふいに伏せていた顔を上げ、目を丸くしながら見つめてきた。

「え？　だってタルトって、学校の中ではすごい存在だろ。緊張もするって」

「だから緊張してて話すタイミングとか忘れちゃってたってこと？」

「うん。でも放課後にもう一度話そうとは思ってたよ。大事な話だからさ」

ただシュクレさんの首輪のこととかで、結局うやむやになっちゃったわけで。

「そ、そっか。モブスケからも誘ってくれるつもりだったのね。えへへ、やっぱり友達だもんね……」

タルトは恥ずかしそうに前髪をいじりながら、なぜか急に頬をゆるませる。

よくわからないけど、機嫌を直してくれたみたいで良かった。

「えっと……それよりごめんね？　勝手に怒っちゃって。モブスケがあたしのことを考えてくれてたって知らなくて、その……」

「んー、まぁ話し忘れてた俺も悪いし、胸にもあれしちゃったからさ。お互い様だよ」

「ん、ありがと♪　胸のことも含めて、そうね。仲直りね」

タルトが八重歯を覗《のぞ》かせながら微笑《ほほえ》む。やっといつもの調子が戻った感じだ。

「そ、それで、モブスケ。仲直りのついでなんだけど、お姉ちゃんがつけてる首輪《チョーカー》を売ってるお店の場所教えて？　実はそれが欲しくて駅前まで来たんだけど……」

「あぁ、なるほどな。……ってお前、あれが欲しいのか!?」

「うん。お姉ちゃんとおそろいのだもん……」

いや、でもあれは犬の首輪なんだけど！

「ほ、本当に欲しいのか？」

「うん。ダメ？」

「いや、ダメじゃないけど……」

でもあれはスーパーのペット用品売り場に売ってて、買うとこ見せられないわけで。

「よ……よし、わかった！　なら俺ひとりで買いに行くから、ここで待っててくれ」

「え？」

「いや、えーと、さっきの騒ぎのこともあるし、お前は外見的にも目立つからさ」

「え？　あ、そっか。すぐに出て行くとあれだもんね」

俺の適当な言葉に、根が素直なこともあってかタルトは快諾してくれた。

「でも待ってるのはいいけど、ここってどういう場所なの？」

タルトが恥ずかしそうに前髪をいじりながらも、周囲を見回す。

「あー、さすがに知らないか。ここは色々なゲームで遊べるところなんだよ」

「ふぅん。よくわかんないけど……あ！　あたし、あの画面の中で道着着て戦ってるのが気になるかも！　あれって格闘技よね？」

そう言ってタルトが指差したのは格闘ゲームの台だった。

あれは格闘技……なのだろうか。手から衝撃波とか出てるけど。

「う～ん、まぁギリギリ格闘技かな」

てかタルトって手が出るクセは直したくても、格闘技自体にはやっぱり興味あるんだ。

神社の裏で格闘技の練習をしてたときとか、キラキラしてて楽しそうだったもんな。

「まぁタルトが見たいなら、ゆっくり見てていいよ。その間に俺は買ってくるから」

「ほんと？　えへへ、ありがとね。ならお金を渡して……」

タルトは財布を出して開けるが、中にはカードしか入っていなかった。

「あ、ごめん……。カードしかないし、やっぱりわたしも一緒に――」

「あ、いや、大丈夫だよ。シュクレさんにも買ってあげた物だから、お前にも買ってやるって。犬の首輪とか、そんな高い物じゃ……」

「え？」

「あ、いやいやいやいや、とにかく俺に任せとけって」

話しているといつボロが出るかわからないので、俺は急いでスーパーへと向かった。


――一五分後。

俺はスーパーで犬の首輪を購入すると、ゲームセンターまで戻ってきた。

「えーっと……タルトは……っと」

店内を探すと、タルトは変わらずにクレーンゲームコーナーの隅に立っていた。通学鞄《かばん》を床に置き、なんだかぬいぐるみの景品が入った台にへばりついてじっと中を見ている。

「あぁ、いたいた。お待たせ。てっきり格闘ゲームの台を見てると思ったのに」

「………」

「まぁいいや。ほら、首輪……じゃなかった、チョーカーも買ってきたからさ」

俺はスーパーの袋から首輪を取り出すと、タルトにさし出す。

って、やべ！　これ包装のところに『首輪（大型犬用）』って書いてある⁉

「ちょ、待った。何か変な文字が見えたかもしれないけど気のせい、今のなし！」

俺はとっさに首輪を袋に戻し、背中に隠す。

「………」

だがテンパる俺をよそに、タルトは熱っぽい目をしながらクレーンゲームの台に張り付いている。しかも、「はふぅ……」と時折、甘い吐息を口から漏らしていた。

「あ、あの、タルトさん？」

俺はタルトの妙な色っぽさにドキドキしつつも、肩をぽんっと叩《たた》いた。

「ひゃわ⁉　モブスケ――っ⁉」

瞬間、タルトが振り返り、なぜかすごい勢いであとずさる。

「――きゃんっ⁉」

しかも途中で足が絡んだのか、その場にペタンッと尻餅をついてしまう。

「ちょ、大丈夫か？　なんでそんなに驚いてるんだよ」

「あぅ……。そ、そそ、それよりおかえりなさい。チョーカーは？」

そう言ってタルトは立ち上がると、スカートの裾をはたく。

「え？　あぁ。ほら」

俺は背中に隠しながらも封を開けると、首輪をあらためてさし出した。

「わぁ～！　本当にお姉ちゃんとおそろいねっ！」

タルトは首輪を受け取ると、嬉《うれ》しそうに眺めはじめる。

う～ん、実は犬の首輪なんだけどな。まぁ喜んでくれたならいいけどさ。

「ん？　そういえばさっき、何をそんなに見ていたんだ？」

ふと視界の端に、さっきまでタルトがへばりついていた台が見えた。

ケースの中には色とりどりの可愛らしいアザラシのぬいぐるみが入っている。

みんな身体《からだ》にサラシを巻いているという妙なキャラクターだけど、全体的には可愛いかも。

サラシアザラシっていうのか。

「ねぇモブスケ、チョーカーありがと……って、きゃあぁぁっっっ⁉　ちょ、な、ななな
な、なに見てるのよ。見ちゃダメ～～～～～～～～ッ⁉」

俺の視線に気づき、タルトがわたわたと手で台を隠そうとする。

なぜかその顔は、ほんのりと赤く染まっていた。

「なぁ、もしかしてこのぬいぐるみ欲しいのか？」

「いらない！　べつにいらないわ、こんな……の」

タルトがすごい勢いで首を横に振りながら否定する。

だが振り終わると、ケースの中をちらちら横目で見ながらチェック柄のスカートの裾を指先でもじもじといじりはじめる。

「どっちなんだよ？　そんなに欲しいなら取ってやろうと思ったのにさ」

「い、いいわよ別に。ぬいぐるみとか……お姉ちゃんは持ってないから。それならおそろいのチョーカーの方がいいし。べ、別に欲しいとか、思ってないんだから」

とか口では言いながらも、タルトの視線はぬいぐるみに固定されている。

どう見ても欲しそうだよなぁ。

「う〜ん、俺も男だしやるだけやってみるか」

俺は鞄《かばん》から財布を取り出すと、一〇〇円玉をクレーンゲームの台に投入した。

「ちょ、いらないって……って、え？　一〇〇円で買えるの？」

「いや、買うんじゃなくて獲《と》るんだって。じゃあ今からあれを摑《つか》んで、ここの穴に入れるからな。そうしたらもらえるから」

俺は真剣な表情でボタンを操作し、クレーンを白いぬいぐるみの上へと移動させる。

隣ではタルトも、合格発表を待つ受験生ばりの表情でケースの中を見つめていた。

「あ、すごい、カニみたいなのが下がっていった。摑《つか》んで、上に、って外れた⁉」

タルトの実況の通りにクレーンのアームは一度摑んだぬいぐるみを落としてしまった。

失敗か。ちょっと位置的に難しいな。

「な、何これ不良品なんじゃないのっ⁉　ちゃんと摑んでたのに！　責任者の人とか呼んだ方がいいんじゃないの⁉」

「いや、あの、タルトさん、そういうのじゃなくて。たまに落ちたりするんだよ」

「うぅ〜っ、それならいっそこの箱ごと買えばいいんじゃない？　責任者の人どこ⁉」

「だからなんで責任者ばっか呼びたがるんだよお前。台ごとってお前、そんなにこのぬいぐるみが欲しいのか？」

「べ、べべ、別にっっ！」

そう言いながらも、タルトの手は俺の服の裾をぎゅっと摑んでいた。

ったく口では強がってるくせに。まぁそういうギャップも可愛いけどさ。

「安心しろよ。あと一回で獲《と》れるから。それより集中したいから静かにな」

俺はタルトをたしなめると、もう一〇〇円をクレーンゲームの台に投入した。

すると今度は声を出すのをガマンするあまり、タルトはアームの動きにあわせて表情をコロコロと変えていく。

アームが下がるときはじっとその光景を見つめ、ぬいぐるみを摑んで上がっていくときは口をまん丸に開けて驚く。

だが失敗したときのことを思い出したのか、すぐにその表情が硬くなる。

あと少しで穴の上につく時なんて、ぎゅっと目をつぶって祈っていたくらいだ。

そして見事にぬいぐるみが穴に落ちたときは、むしろ信じられずにポカンとしていた。

「ほら、獲れましたよタルトさん」

俺は取り出し口からぬいぐるみを出すと、タルトに手渡してやった。

ぽやんっとした顔のアザラシだが、サラシの隙間からは桜吹雪の模様が覗《のぞ》いている。

タルトはしばらく呆然《ぼうぜん》とそれを見ていたが、段々と瞳をキラキラ輝かせはじめる。

「わぁ…………って、なっ、これ、どうすればいいの⁉」

「いいよ。欲しかったんだろ？　どうせ二〇〇円だったしタルトにやるよ」

「ホ、ホント？　でもチョーカーも買ってもらっちゃったから……」

「いいってそれくらい。嫌なら、勝手に俺が押し付けたことにでもしとけよ」

「嫌なわけないわ。でもこういうの、お姉ちゃん持ってないかもしれないし……」

「あ～……じゃあそのときは俺がまた獲ってシュクレさんにもあげるよ。チョーカーはシュクレさんが先だったけど、ぬいぐるみはお前が先って感じでさ？　大丈夫だって」

俺はぬいぐるみの頭に手を載せてポフポフと撫《な》でる。

するとタルトは俺とぬいぐるみを交互に見た後、

「ほんと？　じゃあ、あの…………あ、ありがと」

前髪をいじりながらボソボソとつぶやく。その頬は林檎《りんご》みたいに赤く染まっていた。

だが喜びが実感できてきたのか、徐々にその頬が緩んでいく。

「えへへ……本当にこんなに可愛いのが二〇〇円で獲《と》れたのよね。モブスケって本当にすごいっ。尊敬しちゃう♪」

タルトは一通りぬいぐるみの身体《からだ》を隅々まで見回すと、ぎゅっと胸に抱きしめた。

口元には八重歯が覗《のぞ》き、ほんとうに心から嬉《うれ》しそうだった。

高校生的にはゲーセンで景品を取るとか、わりと普通のことなだけに妙に照れくさい。

「タルトはこういうぬいぐるみ、持ってないのか？」

「うん。フランス人形とかが多かったから。こんなに可愛いのはじめて。これだったらお姉ちゃんも欲しいって思うかも」

「そっか」

「あ、でもお姉ちゃんのを獲るときは、あたしも獲るのに挑戦してみたいわね♪」

タルトは元気に微笑《ほほえ》むと、またぬいぐるみを抱きしめる。

なんとも活発なタルトらしい表情だ。明るくて本当に可愛らしい。

「そんなに気に入ったのか？」

「えへへ、もちろん♪　アザラシさん可愛いっ。ぎゅ～♥」

タルトはアザラシのぬいぐるみを抱きしめながら、スリスリと頬擦りをしていた。何か見ているだけで自然と顔が熱くなり、むずがゆくてたまらない。

あれ？　変だな。なんで俺、いつも以上にタルトにドキドキしてるんだろう……。

「どうしたの？　なんだかモジモジしてるけど」

「え？　いや、その………っ、俺ちょっとトイレに行ってくる！」

「え？　うん。なら待ってるわね？」

「お、おう！」

俺は妙に気恥ずかしくなってきて、思わずトイレへと逃げ込んだ。

ちょうど用も足したかったからいいけど……それにしても顔が熱い。

「タルトのやつ、可愛いものが好きだったり意外と女の子らしいところあるんだ……」

俺はタルトの笑顔を思い出しながらも、熱を冷ますために洗面台で顔を洗った。

◆

その頃、タルトはクレーンゲームの台の近くでじっとタケスケを待っていた。

胸にはぬいぐるみを抱え、たまに撫《な》でたりして感触を楽しんでいる。

こんなに可愛いぬいぐるみをタケスケにもらえて、タルトは嬉《うれ》しくて仕方がなかった。

それに正直、ぬいぐるみを獲《と》っていたときのタケスケの横顔はとても頼もしく見えた。

タルトにとって自分の知らないことを難なくこなすタケスケはそれだけで格好良く見えてしまったし、ぬいぐるみをもらったときなど自然と胸が高鳴ってしまった。

タケスケはよく普通のことと言うけど、タルトにとってはそれが全部新鮮に感じた。

出来るなら、もっともっとたくさんのことを教えて欲しかった。そしていつか姉のような立派なお嬢様になって、タケスケに胸を張って微笑《ほほえ》んでみたい。

タルトは心からそう思った。

「早く戻ってこないかしら……」

タルトはもじもじと前髪をいじりながら、タケスケを待ち続ける。

と、そのとき。

「ねぇ、ひとり？」

「え……？」

◆

俺はトイレから出ると、クレーンゲームコーナーへと戻った。

だがタルトの姿を見た途端、俺の足は自然と止まってしまっていた。

タルトはクレーンゲームの台の前で見慣れない男二人に話しかけられていたのだ。

あの学ラン……他校の生徒だよな。なにしてるんだろう？　延々とタルトが首を横に振ってるところを見ると……一緒に遊びに行こう、とかナンパされてるとか？

「いいじゃん別に。うちの親父《おやじ》、市長なんだぜ？　金ならあるっての」

いまいち確証が持てずに俺が様子をうかがっていると、男のひとりがタルトの腕を摑《つか》んだ。その拍子に、タルトは持っていた首輪とぬいぐるみを落としてしまう。

なっ⁉　くそっ、やっぱりナンパかよ！

でもやめとけって。嫌がってるのにそんな風にしたら、さすがにタルトも手が出るぞ！

「なにするのよっっっっっ！」

すると俺の心配通り、すぐさまタルトは相手の手を振り払うと、思いっきり拳《こぶし》を握って振り上げた。

もちろん恥ずかしさなど微塵《みじん》も感じていないために目もバッチリと開けていて、拳は吸い込まれるようにして男の顔面に向かっていく。

お、終わったなあいつら。かわいそうだけど、タルトに変なことするからだって。

「っ…………」

——だが次の瞬間、信じられないようなことが起こった。

タルトが空中で拳《こぶし》を止めて、何かに耐えるように身体《からだ》を震わせていたのだ。

もちろん誰かが止めたわけではない。

え？　なんで……。

「は？　な、なんだよお前っ……」

当然のことながら、相手の男達も驚いて固まってしまっていた。

だがタルトが泣きそうな顔をして拳を下ろすと、途端に調子づきはじめる。

「なに今の。もしかしてギャグ？」

「あ、わかった。ギャグやるくらいに、俺らと仲良くなりたいんじゃね？」

「そっかぁ、じゃあ携帯番号教えてよ。ねぇ」

「…………っ」

ふたたび男達に詰め寄られ、タルトは唇を噛《か》んでうつむいてしまう。

なんでそんな泣きそうな顔してるんだよタルト!?　そんな顔をするくらいなら、なんで拳を止めたりしたんだよ！

あぁもう、なんだよ、すげーそわそわする。

他に人もいないし、やっぱり俺が出て行って止めるしか……

あれ？　でも俺が出て行って何とかなるのか？　ケンカとかしたこともないのに。

平凡な俺よりタルトの方が数倍強いわけだし、ここは成り行きを見守るべきか……？

「いいだろ携帯番号くらい。ケチケチすんじゃねぇよ」

「いや……っ」

嫌がってるけど……でも、俺じゃどうしようもないよな……。

ここは店員さんでも呼んできた方が……。


『アザラシさん可愛いっ。ぎゅ～♥』


だがふいに俺の頭の中に、ぬいぐるみを受け取ったときのタルトの笑顔が浮かぶ。

そしてその笑顔が今の泣き顔と重なった瞬間――俺の中で何かが弾《はじ》けた。

「待てよお前ら！」

俺は気がつくと、自然と足を踏み出していた。

「「え？」」

タルトと男ふたりが唖然《あぜん》とした顔を向けてくる。

正直、足は震えるし心臓はバクバクだけど……やるしかない。

だって、黙って見てるなんてありえないっっ！

誰であれ女の子が泣いてたら、男だったら『普通』は助けるものだから。

「は？　だ、誰だよお前」

「どけよ！」

俺は手前にいた男を突き飛ばす。

男は背中から近くの壁にぶつかり、ドンッと大きな音が立った。

俺は構わずに奥にいたタルトの手を取り、足早に引き返す。

「あの、モブスケ？」

「いいから行くぞ。てか泣くくらいなら倒しちゃえば良かっただろうが」

「な、泣いてないわよ。モブスケこそ何でそんなに怒ってるのよ」

「怒ってねぇよ。ただ死ぬほど勇気出してるだけで――」

「待てよてめぇっ！」

と、後ろから男達の制止の声が飛んできた。

「モ、モブスケっ」

声に振り返ると、男のひとりがタルトの肩を摑《つか》んで無理やり引き止めていた。

「てめぇ急にしゃしゃり出てきたくせに黙って帰れると思うなよ！」

さらに俺は、もうひとりの男に仕返しとばかりに壁に背中から叩きつけられた。

思わず息が止まる。

「なんだよお前。パッとしねぇ顔してるくせしてよぉ。ふざけんなよ！」

男は俺の胸倉を摑むと容赦なく拳《こぶし》を放ってきた。

思いっきり顔を殴られ、俺は壁を背にしてくずおれてしまう。

「モブスケっ！」

ズルリと倒れた俺を見てタルトが悲鳴をあげた。

いや、悲鳴って。どうしたんだよホント。らしくねぇよ。

「そんな……やつ、振りほどけるだろタル……ト」

「けどモブスケが『お姉ちゃんみたいになりたいなら乱暴は控えろ』って言ったから！」

タルトが悲痛な表情で叫ぶ。

瞬間、俺は全身の力が思わず……抜けた。

それかよ！　俺がとっさに言ったことを、そこまで大事にしてくれていたのか⁉

「ご……ごめん。それ、やっぱり、なし……」

「へ？」

「だって、お前の特徴的なところを無理して抑えられたら、俺も普通から脱出するためのヒントが……得られない、だろ。それに本当に抑えないとダメなときは、俺がなんとかするって。パートナー、だからさ」

俺は顔の痛みを我慢しながらタルトに微笑《ほほえ》む。

「あぁ⁉　さっきからゴチャゴチャうるせぇんだよっ！」

しかしそんなときに限って、男が俺を踏みつけようと足を振り上げてきた。

だが次の瞬間――

その男の身体《からだ》は横に吹っ飛び、俺の視界から消えてしまった。

代わりに男のいた場所には、投球を終えたピッチャーのごとく拳《こぶし》を振りぬくタルトの姿があった。その拳からは幻覚なのか白煙があがっているようにすら見える。

「え…………………………？」

先ほどタルトが立っていた場所では、もうひとりの男が「捕まえてたはずなのに」と自分の手とタルトの姿とを交互に見つめていた。

「なに見てんのよ。目障りだから消えなさい」

視線に気づいたタルトが、底冷えするような目で男を睨《にら》みつける。

「ひっ⁉　おま、お前、親父《おやじ》に言いつけてやるからな。俺の親父は市長だからな！」

「次に口を開いたら殺すわよ」

「なっ、てめぇ俺をバカにす――」

男の口が最後まで言葉をつむぐことはなかった。

タルトが一瞬のうちに拳を放ち、男を倒していたのだ。

「口を開いたら殺すって言ったでしょ。あたしは大切な友達を傷つけられて本気で怒ってるの。あんたこそバカにしないでよ」

タルトはゴミでも見るような目で倒れた男を見つめる。

すごい。タルトのやつ強すぎる。それに、俺のためにそんなに怒ってくれたのか。

「モブスケ！」

だが驚く俺をよそに、タルトは急いで俺に駆け寄ってきた。

さらには、汚れるのもお構いなしにその場にひざをつく。

「ごめんね、ごめんねモブスケ。あたしのせいでごめんね……っ」

タルトは涙の粒をこぼしながらも、殴られた俺の頬を一所懸命に手でさすってくれる。

温かな手で触れられ、ちょっと照れくさい。

「ちょ、く、くすぐったいって。それより、とりあえずここを離れよう。さすがに騒ぎになったらまずいからさ」

「うん……モブスケが言うならそうする……」

タルトがうなずいたのを確認すると、俺は落ちていた首輪やぬいぐるみ、鞄《かばん》などを拾って急いでゲームセンターを後にした。

◆

その後、俺たちはひとまず場所を移すために商店街を抜け、駅の方へと向かった。

駅前のバス停近くにベンチがあったので、ひとまずそこに座る。

「本当に大丈夫？　ごめんねモブスケ、あたしのせいで……」

だがベンチに座った途端に、タルトがこれでもかと身を寄せて俺の頬に触れてくる。

「し、心配しなくても大丈夫だって。あそこの高校、悪名高くてうちの生徒も迷惑してたみたいだからさ。むしろスカッとしたくらいだ」

「ほんと？　でもごめんね、こんなに殴られて痛いよね？」

「このくらいの怪我《けが》なんて舐《な》めときゃ治るよ。俺も男だし」

「そっか。なら舐めるわね」

そう言うと、タルトはふいに顔を近づけてきた。

「へ？」

ちゅ……ちろ……。

タルトが子犬みたいに俺の頬の傷を舐めはじめる。

身体《からだ》が密着し、むにゅっとした胸の感触とぬくもりが伝わってくる。

舌先が頬をなぞるたびに俺の鼓動は破裂寸前まで高鳴り、漂ってくる甘い香りに脳が痺《しび》れそうだった。

「ちょっ、タルトさん、落ち着いてっっっっ⁉」

俺は必死に理性をとどめながら、タルトの肩を押して身体を離した。

「でも、モブスケに何かしてあげたいし……っ」

「いやいやいや、もう大丈夫だからっ！　落ち着いて、な。俺は大丈夫だから」

俺は持っていたぬいぐるみをタルトに渡してやった。

それでも落ち着かないようだったので、仕方なくタルトの頭を優しく撫《な》でてやる。

金色の髪がサラサラで心地いい。

「ほら、落ち着いたか？」

「うん……。でも、まだ少しだけモブスケが心配で……」

「えっと、ならとりあえず自販機で缶ジュース買ってきてくれ。顔冷やすから」

「わかった！」

タルトが走っていくのを見届けると、俺はベンチで身体を休める。

はぁ、やっとゆっくりできる。

優しくしてくれるのはすごい嬉《うれ》しいけど、過保護なんだよなあいつ。まぁ優等生モードとか関係なく、タルトが素《す》で優しい子なんだってことは伝わってきたけど。

…………って、あれ？　タルトのやつ妙に遅いな。

「うぅ～、どうなってるのよこれ!?　こうなったら……っっ！」

心配になって俺が見に行くと、自販機の前でタルトが腕まくりをしていた。

「あ……こ、これは機械が変でね！　カードが使えなくて。でも大丈夫よ！　電話で権利ごと買ったし、機械は叩《たた》けば直るってクラスの子が言ってたから！」

いやいやいや、ちょっと落ち着いてくれよタルトさん。一所懸命すぎてなんかおかしなことになってますよ！　たぶん、全部俺のためなんだろうけどさ。

「ええと、使おうとしたカードってなに？」

「ちょ、タルト⁉」

「クレジットカード」

そりゃ使えないよね。

「でも、クラスの子がカードをかざして買ってるのとか見たことあって……」

「カードにも色々あるんだって。まぁ……大丈夫、俺がなんとかするからさ」

俺は苦笑すると、小銭を取り出してコーラを買った。

そのままベンチまで戻ると、缶を頰に当てる。

「ごめんねモブスケ。余計なことばかりしちゃって……」

「いや、大丈夫だって。俺はタルトと買い物ができて楽しかった。ほら、自販機にクレジットカードを使おうとするのも突飛《とっぴ》で勉強になったし……？」

隣を見ると、タルトはベンチの隅に寄って申し訳なさそうに身体《からだ》を縮めていた。

本当に気にすることじゃないのに。勝手に出て行って殴られたのは俺なわけで。

「な、ならせめて……してあげる」

言うやいなや、タルトは急に俺の頭を抱えた。胸が頬に当たり、ブラウス越しにふわふわとした甘い香りを感じる。

え、何、と慌てていると、タルトはさらに俺の肩に手を添えて優しく導くように俺をベンチに横たえた。ぽふっと俺の頭が彼女の太ももの上に載せられる。

頬に太ももがダイレクトに当たり、むちっとした夢のような感触に脳がとろける。

タルトさん⁉　これは膝枕というやつでは……っっっ！

「……缶貸して。冷やせばいいんでしょ？　それならあたしにもできるから」

あわてて起き上がろうとした俺を、タルトは頬にコーラの缶を当ててとどめる。

「小さい頃、お姉ちゃんによくこうしてもらったの。だからモブスケにもしてあげる」

「えぇっ⁉」

「別にお姉ちゃんのマネがしたいだけだからっ。あと……嫌ならいいけど……」

「い、嫌じゃないよ。気持ちは嬉《うれ》しい。すごく……」

ただ周りの目もあるから、余計に顔が熱くなってしまって妙にむずがゆい。

それにタルトの太もも、すごく柔らかいし。

ってダメだ。意識しすぎると気まずい。何か、何か会話を！

「あのさっ」

「うん？」

えっと、あれだ。とりあえず何か言わないと。何か思ったことを。

「太もも、柔らかいね」

ってなに言ってんだ俺は⁉　むしろ今度は俺がパニックになってるぞ！

「ふと、もも……？　そうかしら。格闘技やってたから、そんなことないと思うけど」

「い、いやっ、すごく柔らかいよ？　気持ちいいし」

ちょ、だからなんだよこの会話。でも本当に気持ちいいから、正直に答えないと。

でも本当にこんなんでいいのか？　タルトも、どぎまぎしてるのに。

「気持ちいいって……モブスケのエッチ」

ってやっぱりダメじゃん！　必死で話題を探した結果がこれかよ。

うぅ、ジト目で見下ろされてるし。ただでさえパニックなのに余計に落ち着かない。

「でも……嬉《うれ》しい。褒めてくれて」

「え？」

「助けにきてくれたのもすごく嬉しかったわ。……かっこよかった」

タルトは恥ずかしそうに視線を逸《そ》らしながらも、俺の頭を撫《な》でてくれた。

やばい、さらにドキドキしてきた……。

「モブスケ、聞いてる？」

「き、聞いてるよ。でも結局はタルトが倒したしさ。お前の方がすごいよ？」

「そうかな。そんなことないけど……でも一応、小学生の頃から格闘技やってるから」

「そっか。かなり長いんだ」

「うん。最初はあたし、身体《からだ》が弱かったから運動とか嫌だったんだけど……でもやる間に段々と身体が強くなってきてね。お姉ちゃんと外で遊べるくらい元気になったの」

「ならやって良かったな」

　タルト自身、すごく嬉しそうに話してるしさ。身体が弱かったってのは意外だけど。

「えへへ。でもお姉ちゃんみたいに元気な身体になれたのが嬉しくて、つい頑張りすぎちゃったのよね。はじめは護身術って名目でやってたんだけど、やってるうちに熱中しすぎて護身術ってレベルから外れちゃってたみたいで」

　あぁ、タルトが猪突猛進《ちょとつもうしん》というか一所懸命なのはその頃からなのか。

「それで師匠が辞めさせられちゃって……あたしもお父様に、もっとお嬢様っぽいことをしろって怒られちゃった。だから高校に入ってからはあたし、頑張ってお姉ちゃんみたいになれるように努力してたの」

　なるほどな。確かに娘が壁を割れるくらい強くなってたら驚くとは思うけど……。

「でも、好きなことをやめさせられるっていうのはちょっとつらいよな」

「……ん」

俺の言葉に、なぜかタルトはあいまいにうなずく。

「あれ？　タルトって格闘技好きじゃないのか？」

「す、好きよ。でもお嬢様っぽくないから。勉強とか作法とか学んでるほうがお父様たちも喜ぶもの。なによりお姉ちゃんって暴力とか本当に嫌いだもん」

「そんなに嫌いなのか？」

「うん。昔、あたしを守ろうとして男の子と取っ組み合いのケンカしたことがあって」

「あのシュクレさんが⁉　すごい意外だなぁ……」

「でもそのとき仲裁してくれた男の子がいてね。お姉ちゃんそれに感動して、暴力より愛のある解決が一番だって気づいたみたいで。世界に愛を広めるのが夢になったみたい」

「へぇ〜」

「全人類は戦争をやめて、今すぐに前後で連結し合えばいいんだって言ってたわ」

「ちょ⁉　それを言うなら手を繋《つな》ぎ合えば、だろっ。それじゃシモネタじゃねぇか！」

しかもワールドワイドな。

タルトは意味がわかんないのか首をかしげてるけどさ。

「小学生のときの話だけどね。すごいステキな夢だと思ったの」

「ま、まぁ、そうだね。すごいね」

小学生の頃からそのシモネタ具合はすごいね。

でも俺も小学生の頃は男らしく川辺でエロ本集めとかくだらないことしかしてなかったから人のこと言えないけどね。もう消したい過去すぎて記憶から抹消したけど。

「だから、あたしがまだ暴力的なことしてるって知ったらお姉ちゃん悲しむと思うの」

タルトはどこかあきらめたように微笑《ほほえ》む。

う〜ん、でも心残りはすごくありそうだけどなぁ。何とかしてあげたい。

「あのさ、もし俺で良ければ一緒に格闘技やらないか？」

「え？」

「今回俺いいとこなかったしさ。せっかくだから教えて欲しいなって。他人に教えるだけなら暴力ってわけでもないだろ。別にやってもいいと思うけど」

「そ、そう……かな？　でも、格闘技をやってる女の子とか可愛くないでしょ……？」

タルトが自信なさそうにうつむく。

「え？　いや、そんなことないって。タルトが格闘技の練習してるとき、すごくかっこよかった。それに凛《りん》としてて、キラキラしてて、俺は……か、可愛かったと思う」

俺はフォローの意味を込めつつも、ついつい正直に言ってしまう。なんだか頬が熱くなり、同時にタルトの太ももの方も熱を帯びたような気がした。

見上げると、あまりにも恥ずかしいのかタルトは顔を真っ赤にしてぎゅ〜っと目をつぶってしまっていた。

でも一所懸命で可愛かったのは本当だ。それに無防備なところにもドキドキして……。

もちろん言えないけど、なんだかエッチだった……。

格闘ゲームのキャラとかでもそうだけど、女の子が動くとやっぱり活《い》き活《い》きとして、プロポーションの魅力も引き立つというか……

「って、あれだ！　なら最初はゲームとかにしよう。さっきゲーセンで見た格闘ゲーム」

「あ！　それ興味あるかもっ。そっか、ゲームなら暴力じゃないもんね」

俺の提案に、タルトが恥ずかしそうに前髪をいじりながらも顔をほころばせる。

「戦姫桜花流《うちのりゅうは》の人とか出てるかしら？」

「いや、それはわからないけど。でも、今度機会があったらやろうな」

「うんっ！　約束♪　じゃあ指切りね」

タルトが微笑《ほほえ》みながら小指を差し出してくる。

よほど嬉《うれ》しいのか、口の端からは八重歯が覗《のぞ》いていた。

「う、うん」

俺は妙にドキドキしながらも、その指に自分の小指を絡ませた。

意外と指ちっちゃいなこいつ。こういうところは本当に女の子って感じがするかも。

って、あれ？　やっぱり変だな。さっきからすごい胸がドキドキする。

タルトの笑顔を見ると、俺……。

「嘘《うそ》ついたら針一本飲～ます♪」

「少ない分リアルっ⁉　つ、つか、あれだ、そろそろ帰るか」

俺は恥ずかしさを隠すように、タルトの太ももから頭を離す。そして勢いのままベンチを……立とうとしたところで、タルトに袖を引かれていることに気づいた。

「え？」

「あ……」

タルトはベンチに座ったまま目を左右に泳がせると、

「………もう帰っちゃうの？」

立ち上がろうとした俺を見つめてきた。高さの違いがあるため、その目は自然と上目遣いになっていて思わずドキッとしてしまう。

「でも暗くなってきたからさ。……ってそうだ、悪い、渡し忘れてた！」

俺は急いでポケットを探ると、拾っていた首輪をタルトに差し出した。

「え…………あ、拾ってくれてたのね。ありがと」

タルトは一瞬きょとんとしていたが、すぐに思い出して首輪を受け取ってくれた。

危ない。これを買ってやるって話だったのに、自分で持って帰るところだった。

「本当にお姉ちゃんのとおそろいね。えっと、あれ？　ん、しょ」

タルトはつけてみようとするが、ベルトが上手《うま》く巻けないのか手こずっていた。

ったく、しょうがないな。とりあえず俺もベンチに座りなおして、っと。

「ほら、貸してみ？」

俺は首輪を受け取り、少し迷いながらも向かい合った状態でタルトの首につけた。

さすがに二回目ともなれば、つけるのも慣れてくるな。うん。

「ほら、ついた。でもこれシュクレさんには見せるなよ？　なんて言われるか——」

ぎゅぅ……

気づくとタルトが俺の背中に腕を回していた。

柔らかな金色の髪が俺の頬に触れ、甘い匂いが鼻をくすぐる。

タルトは思っていたよりずっと小柄だった。腕を回せば包めてしまいそうなくらいだ。

そしてとても温かくて、女の子って感じで、ひたすらに強く強く俺の胸を高鳴らせた。

俺は頭が真っ白になり、ただ倒れないように身体《からだ》を支えることしか出来ない。

「ありがとね、タ、タ、タケスケ」

タルトが身体を預けながら、俺の耳元でささやく。

「秘密を知ったのがタケスケで良かった。ううん、タケスケに秘密がバレて良かった」

「え、あ……」

「お姉ちゃんと同じくらい好きかも。はじめて出来た友達だし、親友だと思ってる。だ、だからその印のハグだから」

それだけ言うと、タルトは俺から身体を離し、

「じゃあね、また明日。ぬいぐるみとチョーカーありがとね」

うっすらと浮いていた涙をぬぐうと、代わりにめいっぱいの笑顔を浮かべて走っていってしまった。その背中は繁華街に溶けるようにして見えなくなってしまう……。

「親友……か」

俺はタルトが帰ったあとも、しばらくベンチに座ってその言葉を噛《か》みしめていた。

親友……友達の中でも特別に親しい存在。大切な友達。

確かに俺にとってもタルトは……そうなのかもしれない。

明るくて元気で優しくて。それでいて、実はとっても恥ずかしがりやなタルト。

そんなタルトと一緒にいると俺も楽しい。元気が出て……ドキドキもする。

ただ親友にはなっても、俺自身はまだ普通で平凡なままなわけだけど。

そ、そうだ。俺も頑張ってみんなに認めてもらえるような、特徴的な存在にならないとな。それこそ、胸を張ってタルトの隣を歩けるくらいのさ。

うん。だから……だから早く収まれ、俺の胸の鼓動っっっ⁉

結局、そのあと俺は一〇分ほどその場を動けなかった。

第五章
勘違い転じて災いと為す

翌日の昼休み。俺が廊下を歩いていると、向こうからシュクレさんがプリントの束を両手いっぱいに抱えながら歩いてきた。見るからに重そうだ。

「シュクレさん、大丈夫？　半分持つよ。生徒会室まででいいんだよね？」

「あ、はい！　助かります。九十九《つくも》さんってお優しいです……♥」

「いやいや、当たり前のことをするだけだって」

俺はプリントを多めに取って抱えると、一緒に生徒会室へと向かう。


生徒会室の前まで来ると、シュクレさんが鍵を出して扉を開けてくれた。

俺は一緒に中に入り、長机の上にプリントの束を置く。

「ここでいいの？」

「はい。本当にありがとうございました。最近肩がこって、重いものを持つのがつらくて」

「そっか。それだけ生徒会長として頑張ってるんだね」

「ふぇ!?　そ、そんなことはないですっ」

シュクレさんは顔を赤くして否定する。

　でも現に、会長の仕事も一所懸命に頑張ってるんだよな。

「あ、そうだ。良かったら肩を揉《も》んであげようか？　俺、小さい頃から親にやってあげて評判いいからさ」

「へ？　ご両親の肩を？」

「うん。シュクレさんはお金持ちだし馴染《なじ》みがないと思うけど、普通の家庭はわりとそういうことするんだよね。良かったら、そこ座って？」

「あ、はい」

「じゃあ、いくよ――」

　シュクレさんに近くのパイプ椅子に座ってもらうと、俺はその肩に手を――

「ひゃうぅっっっ⁉　ダ、ダメっ、やっぱり急にこんなっ、ダメですから⁉」

「は？　ちょ、まだ軽く揉んだ……というか、触れただけ――」

「も、もう大丈夫ですから！　それより九十九さんに大事なお願いがあるんです」

　シュクレさんはなぜか顔を真っ赤にして立ち上がると、ずいっと俺に近づく。

「え？　な、なに？」

「九十九さん、わたし……」

　シュクレさんが熱っぽい目で俺を見つめながら、距離を詰めてくる。

「わたし、九十九さんとエッチなことがしたいです……っ！」

そして俺にぎゅっと抱きつくと、あまりにも率直で過激すぎるお願いをしてきた。

その一言だけで、俺の身体《からだ》はこれでもかと茹《ゆ》で上がってしまう。

「えぇっ⁉　で、でで、でも実践はまだ早いというか——」

「けどタルトちゃんとはしたみたいじゃないですかっ。わたしもしたいです！」

「タルトと実践⁉」

「だって昨日、タルトちゃんが帰ってくるなり胸元を開いて、『お姉様っ、わたくしも九十九《つくも》くんにチョーカーを買っていただきましたの！』って首輪を見せてきて……」

ああ、昨日買った首輪のことか。って、タルトのやつ見せたの⁉

「うぅ……この首輪は九十九さんとわたしの友情の証《あかし》なのに、タルトちゃんにも同じ物をあげるなんて鬼畜の所行です……」

シュクレさんの瞳は涙で潤んでおり、上目遣いに見つめられるだけでドキドキしてしまう。首元には、俺がつけてあげた例の首輪が巻かれている。

し、しまった。確かにシュクレさんにとっては大切な物だもんな。同じ物をあげるだなんて、女たらしみたいに思われても仕方ないわけで……。

「せっかく昨日はタルトちゃんに九十九さんとの放課後を譲ったのに、まさかおふたりがそんな関係だったなんて。しかも優等生のタルトちゃんを手込めにするなんて、九十九さんはすごいです……」

「ちがっ、そうじゃなくて。説明しづらいけど……ご、ごめん」

「うぅ……いいですよ、それでもわたしのご主人様は九十九さんだけですから……」

俺が申し訳ない気持ちでいっぱいになっていると、むしろシュクレさんは慰めてくれるかのように顔を近づけ、ちろ……っと、俺の頬を舐《な》めてくれた。

ちょ、シュクレさん⁉　タルトにも昨日舐められたばかりだし、双子で無意識にやることがリンクしてるっっ。

「こんなことをするのも九十九さんにだけですから、勘違いしないでくださいね……っ」

「う、うん。ありがとう。でもごめんね、勝手に首輪とかあげちゃって」

「もういいです……。ただ今度エッチなことをするときは、おふたりさえ良ければ、わたしも呼んでください。仲間外れは嫌です」

「ええ⁉」

「ダメならここでタルトちゃんと同じ……いえ、タルトちゃん以上の躾《しつ》けをしてくれないと嫌です。せめてふたりきりのときは、わたしだけを見てください……」

シュクレさんはわずかに身体を離すと俺の手を取り、自身の頬に導いた。

赤くなった頬からは熱が伝わってきて、目尻から流れた涙が指先を濡《ぬ》らす。

シュ、シュクレさん、そんなにも俺のことを慕ってくれてるのか。

う～ん、こんなに慕ってくれてるんだからむしろ正直に説明しなきゃダメかな。

「あの……俺、実はそもそもタルトを調教とか躾《しつ》けとかしてないんだけど」

「え？　では逆に調教されているのですか？」

「うん……って、違うよ!?　どんな発想だよそれ！　俺は調教もしてないし、されてもいない。健全な関係だから！」

「でも首輪をあげてますし、友情もありつつ、ご主人様な関係なのでは……」

その言葉を聞いた途端、俺の頭の中には首輪をつけたタルトとシュクレさんが犬耳に尻尾つきの姿で甘えてくる魅惑的すぎる映像が流れる。

「いやいやいやいやいや、それはないって！　首輪は、あの……タルトが欲しいって言ったからさ。シュクレさんは双子のお姉さんだから、双子で同じのが持ちたいって」

「本当ですか？　なら九十九《つくも》さんのわんこは、わたしだけですか？」

「う、うん」

「なるほど。確かにわたしもタルトちゃんが何か九十九さんからもらったとしたら、同じ物が欲しくなっちゃうと思いますし……そういうことだったのですね」

シュクレさんはなぜか、ほっと息をついた。

俺があげたものが欲しくなる？　よくわからないけど、まぁ話がまとまりそうだからいいか。むしろ俺が胸を撫《な》で下ろしたいくらいだ。

「あら？　でもいくらなんでも犬の首輪ですよ？」

「っ……あ、いや、タ、タルトはチョーカーだと思ってたから。お姉さんが犬の首輪をしてるとか思わないでしょ。そもそもタルトって変態とか過激なの苦手だしさ」

「あぁ、なるほど。なら本当に九十九さんのわんこはわたしだけなのですね」

シュクレさんが嬉《うれ》しそうに微笑《ほほえ》む。

お、俺がご主人様なのって、そんなに嬉しいことなのか。

「なら、わたしはいつでも構わないので、あらためてゆっくりと躾けをしてくださいね♪

九十九さんがしたいときなら、いつでもウェルカムですから」

シュクレさんはどこからか縄を取り出すと、俺に手渡してきた。

つまり縛れってことですか！

いや、世間一般では女の子に迫られたら流れに身を任せるのが男としては普通らしいけど。でも俺は普通から脱出したいし、そういうことは控えた方がいいわけで。

「お願いしますね……♥」

「は、はい！」

だが内心はともかくとして、俺は誘われるままにコクコクとうなずいてしまう。きっと変態のフリをするために無意識に身体《からだ》が動いたのだろう。たぶん。きっと！

「お姉様～、一緒にお昼ご飯を食べませんこと？」

そんなとき、ふいに生徒会室の扉が開いてタルトが入ってきた。

驚きのあまり、俺とシュクレさんの身体《からだ》はビクッと震えてしまう。

「って、あら？　タケ……九十九《つくも》くんが生徒会室に？　それに、縄なんて持って……」

「え？　あ、いや、これはシュクレさんを縛るために……」

って何を言ってるんだ俺は⁉　慌てすぎだろっ。

「縛る……？」

「ええと、縄を使った捕縛の練習だよ！　最近、変質者が出るらしいからさ」

あわてて視線をめぐらせると、先ほど持ってきたプリントに『変質者に注意』と書かれていることに気づいた。俺はそれに乗っかり、仕方なく口から出任せで弁解する。

「あぁ、なるほど。縄を使った格闘術とかもあるらしいですわよね。それについこの間も校門の辺りに変質者が出たと聞きましたので。用心は大切ですわね！」

すると根が素直なのもあってか、タルトは俺の言うことを信じてくれた。

むしろ「きょ、今日は九十九くんもお昼一緒ですのね」と俺の方を目でちらちらと気にすると、頬を赤らめながら近くの席に座って持っていたお弁当を広げ始める。

危ない。秘密がバレたらふたりの仲が壊れかねないし、気をつけないとな。

「あ、ありがとうございます。助かりました」

俺がドキドキしていると、シュクレさんが身体を寄せて耳打ちしてきた。

「え？　あぁ、大丈夫だよ。友達を助けるのは普通のことだって」

「…………♥」

俺の返答が嬉《うれ》しかったのか、シュクレさんは赤くなりながら俺に頬ずりをしてくれた。

こっちを見ていないとはいえ、タルトもいる場所での秘密の行為に俺の胸はこれ以上ないくらいに高鳴ってしまう。

シュ、シュクレさん、やっぱり大胆で可愛い……。

ともかく、えっと、これからもシュクレさんの秘密を守っていかないと！

◆

だが翌日の昼休み、俺は今度はタルトに連れ出されてしまう。

「ちょ、タルト？　どうしたんだよ急に。こっち屋上……というか行き止まりだろ？」

「大丈夫。鍵なら借りてきたから。屋上に用があるのよ」

鍵？　まぁタルトくらい優等生なら、理由をつければ先生も貸してくれそうだけど。

「でも、そもそも屋上になんの用事があるんだ？」

「それはね、じゃ～～～～～～んっ♪」

タルトは屋上に足を踏み入れると、俺の方を振り返って何かを突き出してきた。

それはなんと、最新の携帯ゲーム機だった。

「うおっ、どうしたんだよそれ！」

「えへへ、買っちゃった。前に一緒に格闘ゲームしようって言ったでしょ？　ここなら鍵さえかけておけば誰にも見つからないし、頑張ってセッティングしちゃった♪」

「ええ!?　でも約束っていっても、おととい約束したばかりだろ」

「うぅ……だって昨日の昼休み、タケスケってばお姉ちゃんと一緒にいたじゃない。あたしだって少しくらい、タケスケとふたりきりで昼休み過ごしたいもん……」

タルトは放課後まで待てないとばかりに、もじもじと太ももを擦り合わせる。

そのあまりの可愛らしさに、俺は自然と顔が熱くなってしまう。

ふたりきりっていうのは多分、そうじゃないと素《す》を出して過ごせないっていう意味だとは思うけど……言葉だけ聞くと勘違いしそうでドキドキする。

「ダメ……？」

「あ、いや、もちろんいいけどさ。でも対戦するなら二台必要だぞ？」

「へ？」

「だって携帯ゲーム機って一人用だから」

と、ここまで言って気づいてしまった。タルトは一台しか買ってきていないのだ。

あぅ……と、すでに軽く落ち込んでいる様子を見ても明らかだった。

「あー……でもタルトにはまず対戦よりも練習が必要だよな。俺が教えてやるよ。ある意味これも、一緒に遊ぶことになるからさ」

「ほんと？　えへへ……ありがと。ならタケスケ、一緒にやりましょ♪」

　俺達は扉に鍵をかけると、日陰に入って座り、ゲーム機を起動させる。

　タルトは操作自体がわからないようだったので、まずは俺がお手本を見せてやる。

「ほら、こう持ってさ。このボタンを押すとパンチが出るんだ。で、このゲームの場合は特殊武器が召喚できて、ここを押すと武器攻撃。さらにこうやると、必殺技」

「わっ……すごい。よくわかんないけど本当に動いてる！　カッコイイっ！　それに素手だけだと思ってたら武器とかも使えるのね」

「知らないで買ったのか？」

「うん。とりあえず一番売れてるらしいのを買ってきたの。タケスケが知ってて良かったわ。それにすごく上手だし♪」

「こ、これくらい普通だって。タルトもやってみろよ」

　どうにも自然と胸がドキドキしてしまい、俺はとっさにタルトにゲーム機を渡した。

「えっと、えいっ。あら？　えい……っ。ん……あうっ……必殺技、出ない……」

「え？　あ、同時にボタンを押すんだって。ちょっと片方が早いよ」

　俺は少し顔を熱くしながらも身体《からだ》を寄せてアドバイスをする。

　だがどうにも上手《うま》くいかず、タルトは「才能ないのかしら……」と涙目になっていた。

画面の中では、ふわっとしたドレスの上に籠手《こて》や鎧《よろい》をつけた猫耳の女の子キャラが、少し挙動不審気味に動いている。

「あうう、可愛いし一番見た目が好きなキャラなのに活躍させてあげられない……」

「あー、ごめん。俺がもっと上手《うま》く教えられればいいんだけどさ、タイミングって教えるの難しくて。なんて言ったらいいんだろう……」

だが俺が悩んでいると、ちらっと頬を赤くしながらタルトが見てきた。

「直接、あたしと手を重ねて操作してくれたら……わかるかも」

瞬間、俺の心臓が跳ね上がる。

「いや、でも……っ……わかった。そうしないと教えられないもんな」

俺はタルトの後ろに座ると、腕を回し……ゲーム機を握るタルトの手に自身の手を重ねる。な、なんというか、完全に後ろから抱きしめてるような感じなんですけど。

柔らかな手の感触や、背中に感じる体温に、どうしてもドキドキしてしまう。

「じゃ、じゃあ教えるからな。まずはこうして――」

「っっ～～――」

さらには俺がタルトの耳元で口を開いた瞬間、タルトの身体《からだ》がピクッと震える。

「タルト?」

「っ……だ、大丈夫。続けて……」

「え？　お……おう。なら最初はゆっくりやるからな。こうして……」

「ん……っ……」

鼻にかかるような甘い声を出しながら、俺の腕の中でタルトがまた震える。

そのたびに、ふわっと甘い香りが立ち上って俺の鼻をくすぐる。横目で見ると、金色の髪の隙間から、タルトの耳がすでに先っぽまで真っ赤に染まっているのが見えた。

「ど、どうしたんだよ」

聞きながらも、俺の胸もいつの間にかバクバクと高鳴っていた。触れている背中から体温と一緒に鼓動が伝わってしまわないか心配なくらいだ。

「声……耳元……ダメ……っ……」

「へ？　なに？　タルト？」

「名前はっ、もっと、ダメッ……～～～～～～～～～～!?」

『バキッッッッ！』

タルトが小動物みたいに震えながら、ぎゅ～っと目をつぶった。次の瞬間、なにやら手の中で不吉な音が鳴る。

見ると携帯ゲーム機の画面が真っ暗になり、盛大にヒビが入っていた。

「あぅ……っ」

タルトはなぜか急いで俺の腕の中から這《は》い出すと、胸に手を当てて息を荒くしていた。

おまけにタルトの頬は今まで見たことがないくらいに赤くなっていて、瞳の端には涙の粒が浮かんでいる。

「え⁉　ごめんタルト。俺、なにか怒らせるようなことした？」

「違うのっ。ただ力が入りすぎちゃって、その、とにかく今は近づいちゃダメ！」

心配になって俺も立ち上がり、タルトの顔を覗《のぞ》き込もうとする。

だがタルトはすごい勢いで顔を逸《そ》らすと、両手を突き出して制止してくる。

「ど、どうしたんだよタルト。本当に俺、なにかした？　それだったらあやまるからさ」

「ダメっ、近づいちゃダメだってば⁉　顔も見ちゃダメ、名前も呼んじゃダメなのっ！

今されちゃったら、ドキドキしすぎて死んじゃう………！」

「え？　どういうことだよタルト？」

「だから名前はダメ〜〜〜〜〜〜〜〜⁉」

タルトが目をつぶりながら拳《こぶし》を放ってきた。もちろん、いつも通りに空振りだが。

「だ、大丈夫かよタルト！」

タルトがその勢いのままよろめいてきたので、俺はとっさに抱きとめる。

って、しまった。よくわかんないけど、名前を呼んじゃダメなんだっけ。

「っっ………タケスケのバカ〜〜〜〜〜〜〜〜〜〜〜〜〜！」

タルトは顔を真っ赤にすると、急に俺の腰に腕を回してきた。

なぜか、ぐっと上に向かって持ち上げられ、俺の足が宙に浮く。

え？　ちょ、タルトさん、待って、これってリアルな格闘技の方——

「姫《き》神《しん》真《しん》空《くう》投《な》げ　っっっっっっっ！」

◆

「はぁ、大変な目にあった……」

——それから三〇分後。俺はぼやきながら、屋上から校舎の中へと戻る。

あの後、タルトは拳を放ったり蹴りを放ったり、果ては関節技をかけたりと、落ち着くまでの間にずいぶんと激しく動き回った。

その間、俺は必死でガードしたり避《よ》けたりと、ちょっとした格闘家気分を味わうことになってしまったのだ。

「ごめんねタケスケ。つい、身体《からだ》が勝手に動いちゃって……。腰、大丈夫？」

隣ではタルトが胸元のリボンを直しながら、しゅんっと肩を落としていた。

「さ、さすがにきついかも。派手にぶつけちゃったからな……」

俺はコンクリの床に打ちつけられた腰を手で押さえる。

最初にタルトの投げ技をまともに受けてしまい、ちょっぴり痛い。

「まぁでも、タルトと身体《からだ》を動かせて気持ち良かったしさ。結果オーライだって」

それに痛み以上に、むしろ激しく動いていたから胸元やスカートが乱れて色々と見えちゃったり、色々と直接触れちゃったりもしたわけで。

あと身体を動かしてるときのタルトは、元気いっぱいでお世辞抜きに可愛かった。

純粋に楽しかったのも合わせて、正直なところ大満足だ。

「本当？　あ、ありがとう、タケスケ。嘘《うそ》でも嬉《うれ》しい……♥」

「うん、機会があったらまたやってもいいしな………ってあれ、シュクレさん？」

見ると、なぜか屋上と三階の間の踊り場にシュクレさんが立っていた。

え？　屋上に用事？　しかも顔が真っ赤だけど、どうしたんだろう。

「わ、わたし、昨日みたいにまた三人でお昼を食べたくて、ふたりを探してて……」

シュクレさんが妙に緊張した様子で答える。

え？　なにその緊張。もしかして屋上から漏れる音を聞かれて、学校でゲームやったりとタルトが優等生らしくないことしてるってシュクレさんにバレたとか？

「ええと、九十九《つくも》さん。昨日わたしに言ったことは嘘だったのですか？」

って俺？　タルトじゃなくて？　俺の方になにか問題があったのか？

「こ、腰をぶつけてたって、どれだけ過激なことをしていたのですかっっっ！」

「「へ？」」

シュクレさんの意味不明な発言に、俺とタルトは顔を見合わせる。

なにを言ってるんだろうシュクレさん。ともかく誤解されてるのは確かだけど。

「えーと、あれだ……とりあえずタルトは先に教室行っててくれる？」

「え？　なんで……な、なぜですの？」

「いや、あの、もうすぐ授業がはじまるからさ。俺はシュクレさんと話があるから残るけど……もし俺たちが遅れそうだったら上手《うま》く先生に説明しておいて欲しいなって」

「うん？　よくわかんないけど、タケ……九十九くんが言うなら、わかりましたわ」

タルトは戸惑いながらも教室の方へと駆けていった。

これで詳しい話が聞ける状況を作れたわけだけど……なんか悪い予感しかしない。

「タルトちゃんに躾《しつ》けや調教はしてないって言ってたじゃないですかっっっ！」

だって第一声がこれだし。おまけにすごい詰め寄られてるし。

「いや、あの、シュクレさん、何の話？」

「屋上でタルトちゃんに腰をぶつけていたのですね。わたしにはしてくれないのに！」

「違っ、腰をぶつけたのはコンクリの床にだってば」

「なっ、無生物に欲情する派ですかっ⁉」

「だからエッチな発想からまず抜けてくれ⁉　あのさ、シュクレさん。とにかく、そういうことはしてないから。たぶん、うん」

「本当ですか？」

シュクレさんが涙目で俺を見上げてくる。

「うん。少なくとも、躾《しつ》けとかはしてないって。心配しなくても大丈夫だよ」

「うぅ……でも、ふたりだけで遊んでいたのは確かですよね」

「ご、ごめん。それは、えっと……また埋め合わせするんじゃダメかな？」

「なら、代わりに今度三人で一緒にプールに行ってくださいますか？」

「プール？　え？　なんでいきなり？」

「躾けはどうあれ、わたしも一緒に遊びたいです……っ。それに知り合いの方がやってる場所なのですけど、色々と経営面でアイデアを出したら、シーズン外でお客さんも少ないからって今度お礼に施設を一日貸し切りにしてくださるそうで」

シュクレさんがじっと見つめてくる。

プールかぁ。確かに偶然とはいえ、三人で遊ぶいい機会なのかも。シュクレさんだけ仲間外れみたいなままは心苦しいし、予定さえ合えば行きたいところだけど……。

「う～ん。土曜日とかなら大丈夫だけど、いいかな？」

「ええ。ついでにプールでタルトちゃんの身体《からだ》に調教の痕《あと》がないかチェックします！」

「え？」

「うふふ、こちらの話です♪」

◆

――かくして、その週の土曜日。俺は市内にある総合スポーツ施設へとやってきた。

話の通りに貸し切り状態で、その日の来場者は俺たちだけだった。

どうやら姉妹はどちらも準備で遅れるようなので、俺はひとまず先にロッカールームで水着に着替え、プールへと向かう。


「お、お待たせ……」

「お待たせしました～」

プールサイドで準備体操をしていると、シュクレさんとタルトの声が近づいてきた。

屈伸運動を止めて視線を上げると、待っていたのはシュクレさんの抜群のプロポーションと、さらにそれを包む黒色に花柄のワンポイントの入った水着だった。

しかも布の面積がちょびっと少ない三角形のビキニで、おまけに腰の横ではチョウチョ結びにされた紐《ひも》が歩みに合わせて揺れている。その上ではたわわに実った胸が、歩くたびにぽよぽよとビキニからこぼれそうなほどに弾んでいた。

「いかがですか？　新作の水着なんです♥」

シュクレさんが俺の前で足を止め、視線を合わせるように少し前かがみになってたずねてきた。大きな胸がぎゅっと左右から寄せられ、弾《はじ》けそうなくらい魅力が際立つ。

「か、かか、かかか、可愛いです、可愛いですっっ！」

もう俺は口をぱくぱくさせながら、視線をそこから動かせなくなってしまった。

す、すごいなシュクレさん。エッチなのは思考だけじゃない。って何言ってんだ俺！

「ほら、タルトちゃんもご挨拶して？」

って、そうだ、タルトはどうしたんだろう。水着だし、胸のパッドとか大丈夫かな？

「ほら♪」

と思ったら、シュクレさんがすっと身体《からだ》をずらした。

後ろからは、手を口元に当てて恥ずかしそうに視線を逸《そ》らすタルトの姿が現れる。

水着はシュクレさんとおそろいながらも、色違いの白色のビキニ。

腰はきゅっと引き締まり、かき抱かれた胸はむにゅっと柔らかそうに寄せられて。パッドだというのに継ぎ目も見当たらず、むしろ本物さながらに魅力満点だ。

さらにタルトは、白い肌とは対照的なほどに頬を赤く染めていた。ときおり青い瞳で俺の方を見つめ、目が合った瞬間に耳まで真っ赤にして視線を逸らしている。

いつも元気なタルトがこんなにも恥ずかしがってるなんて。か、可愛い……！

「どうですか？　可愛いですよね、タルトちゃん」

「え？　あ、うん。すごい可愛い！」

「～～～～～っっ」

俺の言葉で恥ずかしさが増したのだろうか。タルトが煙を上げそうな勢いで赤面する。

「うふふ、タルトちゃんたら恥ずかしがっちゃって。九十九《つくも》さんに見てもらえてそんなに嬉《うれ》しかったんですか？」

「いえ……わ、わたくしはお姉様と同じで、落ち着いてますわ⁉」

「そうなんですか？　でもわたしも本当は恥ずかしいんですよ。九十九さんに見られてると思うと、胸がドキドキしちゃいますから♪」

もじもじとするタルトを落ち着かせようと、シュクレさんが優しく頭を撫《な》でる。

なんかいい光景かも。シュクレさんって変態なことを隠してはいるけど、それも含めてタルトのためなんだよな。妹思いのいいお姉ちゃんって感じだ。

てか、ふたりともスタイル抜群だよなぁ。タルトの胸もパッドなのがウソみたいだ。

「九十九、くん……そんなに胸、見ないで………恥ずかしい、から……」

「え？　あ、ごめん。ちょ、ちょっと気になって」

「うふふ、タルトちゃんの胸は高校に入学してから日に日に大きくなりましたからね。服の貸し借りも出来るようになりましたし、双子の妹ながら成長が嬉しいです」

シュクレさんがタルトの肩を軽く抱き寄せる。互いの大きなお胸がサイドで触れあい、むにゅん、たゆんっと形を変えて揺れた。まさしく極上の絶景だ。

ただタルト的にはパッドだし、シュクレさんから胸を褒められても少し複雑そうだけど。

でも本物そっくりだし、すごいよ、パッドの技術力とかも含めて！

「あ、そうだ。タルトちゃん、そんなに見られて恥ずかしいなら九十九さんのを見て逆に恥ずかしがらせちゃえばいいんですよ。ほら、ステキですよね、九十九さんの水着姿♪」

って、急に何を言い出すんだシュクレさん⁉

「……へ？　あ、うんっ。タケ……九十九くんも……ステキだと思う……♥」

ちょ、タルトまで⁉

でも外見を褒められるとか初めてだし、すげぇ嬉しいかも。来て良かった！

俺は陰ながらグッと拳《こぶし》を握り締める。

と、そこに急にシュクレさんが俺に近づいてきて……なぜか腕を絡ませてきた。

え？　胸当たってますけど！　とか思ってたら今度は耳元に唇を近づけられた。

「ところでタルトちゃんのこと、やっぱり本当は調教してるんじゃないですか？」

「は？　ちょ、今その話⁉」

って、そうだ。シュクレさんは俺がタルトを調教してると勘違いしてるんだ。

だから俺は今日、それを上手《うま》く否定しつつも『タルトの胸のこと』とか『格闘技好きなこと』とかを隠さないといけないんだよね。浮かれてて一瞬忘れてた。

でもタルトのためだし頑張らないと！　ここはひとまず弁解しておこう。

「えっと、だから違うよ。俺はタルトのことを調教なんてしてないよ」

「でも更衣室で見たら、タルトちゃんの身体《からだ》に見慣れない傷がありましたよ？」

傷？　あ、もしかしてそれって、格闘技の練習とかしてたときに出来た傷か⁉

「えーと、うん。それ、タルト本人はなんて言ってた？」

俺はとっさに言い訳が思いつかず、小声でたずねる。

「タルトちゃんは、自分を高める過程で出来たって言ってました」

「ぶっっっっっっ⁉」

ちょ、タルトは『自分を鍛える』的な意味で言ってると思うけど、言い方が！

「あきらかに叩《たた》いてますよね。タルトちゃんも叩かれて気持ちが高まるタイプですか？」

「違うよ。そんなんじゃなくて、とにかく違くてっっ⁉」

ああもう、なんて答えたらいいんだこれ。真実を教えるわけにもいかないし！

「うふふ、まぁいいです。とりあえず今は泳ぎましょうか。手は打ってありますのでじっくりと追い詰めてあげます♪」

シュクレさんは俺の鼻を指でつつくと、腕をほどいてプールの中へと入っていった。

え？　追い詰める？　さらなる嫌な予感しかしない……。

「なにを話してたの、タケスケ？」

俺が内心で焦っていると、今度はタルトが寄ってきた。

「あぁ、シュクレさんってば俺がタルトのこと…………な、なんでもない」

「へ？」

そうだ。今気づいたけど、これ同時に『シュクレさんが変態ってことがタルトにバレないようにしないといけない』んだよな。

でも平穏に過ごせれば、すごく楽しい休日になると思うし。頑張ろう！

「あ、それより胸のパッド、見た目はすごく自然だけどさ。泳ぐのは大丈夫なのか？」

「え？　うん。大丈夫、だと思う。清流院《せいりゅういん》製の中でも特注品なの。水着でも支えてるし」

「す、すごいな清流院製！　でも一応気をつけておかないとな。バレたらまずいから」

「うん……。でも、それより今は……どうしよう、タケスケ、あたし……」

急にタルトが泣きそうな顔をしながら、俺の二の腕をぎゅっと抱きしめてくる。

ちょ、タルト？　胸当たってるし。ど、どうしたんだ？

「あたし、実は――」

そのとき、ふいに激しい水しぶきが上がった。

見ると、プールの中でシュクレさんがバシャバシャと妙にもがいている。

なにしてるんだろう。いや、まさか…………溺れてるっっっっ⁉

「今行きますからっっ！」

俺はあわてて飛び込むとシュクレさんのそばまで泳いで近づき、抱き起こした。

「けほっ……つくもさ、ん……」

さいわいなことに意識はあり、シュクレさんはすぐに咳《せ》き込み始める。

「とりあえずプールサイドまで運ぶからね。タルトは医務室から先生を呼んできて！」

俺が叫ぶと、タルトはハッとしてプールの外へと駆けていった。

俺はその間に、シュクレさんを抱いてプールサイドまで進む。

「シュクレさん大丈夫？　何があったんだよ」

「うぅ……焦りすぎて準備体操を忘れていました……」

あ、確かにやってなかった！

「ふぇ〜ん、せっかく水の中でタルトちゃんの身体《からだ》を隅々まで確認しようかと思っていたのに……。いっそ水着を脱がせちゃおうかとも思っていたのに失敗です……」

「な、なんですかそのあぶない画策。そこまでして調教の痕《あと》を探したいんですか」

「あうぅ……」

シュクレさんは半泣きになりながら抱きついてくる。

ちょっ、こんな状況で抱きつかれたら柔らかな胸がむにゅ〜〜って密着して、水の中のせいで体温まで余計に感じちゃいますから。

しかもそんな中、シュクレさんがさらに甘えた目で見つめてくる。

「ごめんなさい九十九《つくも》さん、怒っちゃいました……？」

「っ、いや、怒ってないよ。実際にはやってないし、問題はなかったけど……でも、溺れかけたりして心配をかけるのはダメだからね。あと調教や躾《しつ》けはしてないから信じて」

「あ……はいっ」

俺が言い聞かせると、シュクレさんは素直にうなずく。

さらになぜか、俺の頬に自身の頬を擦り合わせると、

「九十九さんに躾けられちゃいました……♥」

躾け!?　ま、まぁどう思われようとシュクレさんが可愛いからいいけどさ。

それより頬ずりされるとくすぐったい。

「タケ……九十九くん、先生を連れて来ましたわ！」

てなところにタルトが戻ってきた。シュクレさんは女医さんに連れられて医務室へと運ばれていく。俺の救助が早かったようで大事には至らず、一時間もすれば回復するからそれまでふたりで遊んでいて欲しいとのことだ。

その後、俺達はシュクレさんのこともあったので一応準備体操だけは念入りにすると、

ふたりでのんびりとプールサイドに座っていた。

「はぁ……まったく。何もなかったから良かったものの、シュクレさんには困ったな」

俺は横目でタルトの方を見る。

「ふぇ……？」

だが俺が問いかけても、タルトは心ここにあらずといった感じだった。

もしかしてシュクレさんのことが心配なのかな？

「タルト、シュクレさんのことなら大丈夫だよ。話も出来てたし、すぐに良くなるって」

「あ、うん。ありがと……」

ん？　まだ元気がないけど、もしかして別のことだったのか？

もしかして、さっきなにか言いかけてたことかな。

「なぁタルト、そういえばさっき何を言いかけたんだ？　あたし実は～、って」

「っ……そ、それは…………げないの」

「え？」

「あたし……実は泳げないの……」

「えぇぇっっ!?　おま、泳げないのかよ」

「うん。プールの授業は色々と理由をつけて休んでたけど……」

「いや、なんで泳げないのに来たんだよ。シュクレさんにもそれは隠してるんだろ？」

「そうだけど、でも…………うぅ」

タルトがまた黙り込んでしまう。

「う～ん……まぁいいや。なら時間もあるから、一緒に泳ぐ練習でもするか？」

「ふぇ？　でもゲームも教えてもらったばかりだし、頼りすぎちゃう……」

「気にするなって。パートナーだし、タルトには『普通』のことを教えるって約束だろ」

言うと、俺はプールに入る。

「ほら、おいで？」

俺は、プールサイドに座るタルトに呼びかける。

だがタルトは立ち上がりはしたものの、「あぅ」と怖がってなかなか入ろうとしない。

「大丈夫。思いきって入ってこいよ。俺がついてるから安心して——」

「っ……えいっっっ！」

言いかけているところに、タルトが予告もなしに思いっきり飛び込んできた。片手で鼻をつまみ、目をぎゅっとつぶり、ヒップドロップな感じで俺の上に落ちてくる。

さらにはそのお尻がみごとに俺の顔面にヒット。

前後が逆になった肩車みたいな感じに太ももの間に顔を挟まれ、押しつぶされ。瑞々《みずみず》しくもハリのある感触にドキッとしつつも、俺は水中に沈められてしまう。

「……ごぼっ⁉（ちょ、タルト、無茶な飛び込みするなよ！　呼吸が出来ない！）」

俺は必死にもがき、なんとか水面へと逃れる。

「ぷはっ！　思いきりすぎだろタルト⁉　飛び込みは禁止っ！」

「……ごぼごぼっ」

「って沈んでる⁉」

俺はワキの下に手を入れてタルトを助けてやる。

「タケスケ、タケスケぇ……っ、ひっく……やっぱり怖いよぉっ」

すると、もう格闘技を極めた少女とは思えない弱々しさでタルトがぎゅ～っと俺に抱きついてきた。というか泣きついてきた。両足までも俺の腰に回している。

いや、足つくからさ。ていうかあの、密着しすぎだってタルト。感触とかが……。

「パニックなのはわかるけど、とりあえず落ち着けって。ほら」

俺はタルトの頭を撫《な》で、背中を優しくさすってやる。

「ぐすっ……あたし川原で修行中に溺れてからダメなの。だから離さないで……っ」

「わかったよ。大丈夫。でもここまでダメなのに本当によく来たな」

「だ、だってお姉ちゃんに誘ってもらったから。それにタケスケとも遊びたかったの。大好きなふたりと一緒に遊びたかったの……！」

タルトが必死に俺に抱きつきながら叫んだ。予想外の言葉に俺の胸は高鳴ってしまう。

タルトのやつそんなに俺のこと思っててくれたのか。純粋に嬉《うれ》しいかも……。

「でも勇気出して来たなら、今度は一緒に勇気出して泳ぎの練習しないか？」

「やだ……」

って嫌なのかよ。いや、あの、今のは俺も勇気を出して誘ったんだけど。

「このままでいい……。怖いからずっとこうしてる……っ」

「こ、こうしてるってお前な。い、嫌ではないけど俺も男なんだけど。……ええと、そうだ。泳げるようになったらまた一緒に遊びに来れるだろ？」

「ひっく……（こくり）」

「ならまた次に楽しく遊べるように、一緒に頑張ろう？」

するとタルトも落ち着いてきたのか、少しずつ涙も収まっていく。

「わかった……。でも怖い……」

「大丈夫だって。俺を信じて」

ずっとこうしてるわけにもいかないので、俺は心を鬼にしてタルトを引き離す。そしてうつぶせに浮かせて手を持ってやり、バタ足から教えてやることにする。

「……手、放さないでね？」

「放さないって。ほら、それより、一、二、一、二。足を交互にな」

俺の指示で、タルトがぱちゃぱちゃと水面を蹴る。うん。なかなかスジはいいようだ。

と、そんな俺の熱の入った指導で、二〇分もするとタルトもコツをつかんでくる。

「えへへ、なかなか上手《うま》くなったでしょ？」

「うん。さっきまでの、泣きながら俺に抱きついてたときに比べるとな」

「むう、あれはただパニックになってたからだもん」

タルトが頬を赤くして視線を逸《そ》らす。いつもの元気で照れ屋なタルトに戻った感じだ。

さっきまでの泣き虫なタルトも新鮮で可愛かったけど、こっちの方がタルトらしい。

「じゃあ今度は顔を水につけないとな。ほら」

俺は次のステップにと、水をすくってタルトの顔にかけてやった。

「ちょ、きゃんっ⁉　やだ、顔はまだ早いから！」

「何が早いんだよ。顔をつけないと仕方ないだろ？」

「な、なによイジワル。このぉ！」

「うおっ⁉　ちょ、お、俺に水をかけてもしょうがないだろ！」

と、流れのままに、気づくと俺とタルトは水のかけあいをして楽しく遊んでいた。

「次は本気っっ♪」

そんな中、タルトが沈めていた腕を思いっきり振り上げた。水面から水柱が立ち上り、
俺は滝のような量の水をかぶってしまう。

わっ、バカ、急に本気出すなよ⁉

「あはは、びっくりしたタケスケの顔、可愛かったわね♪」

「な、なに言ってんだよ。お返し――」

と、俺はタルトに負けじと腕を水中に沈め、一気に振り上げようとするが……途中で手に何か布が引っかかってることに気づいて動きを止める。

見るとそれは、白地に花柄のワンポイントが入ったブラ……いや、水着のトップだった。

「っ……まさかこれって……」

ドキッとして視線をあげると、タルトは水着どころか胸パッドすら取れた本来の胸をさらしていた。雪のように白くて小さな、とてもキュートで可愛らしい胸だ。

思わず俺の鼓動は跳ね上がり、身体《からだ》が急激に沸騰する。

「え？　どうしたの、タケ――」

それにまだ気づいていないのか、タルトは不思議そうに小首をかしげる。

だが途中で俺の持っている物に気づき、その言葉が止まった。

さらにはそんな俺達の間を、胸から外れた胸パッドがどんぶらこっこと流れていく。

流れる沈黙。流れる偽乳……。

そんな中、次第にタルトの顔が真っ赤に染まっていき、

「ちょ……きゃあああああああっっっ！　み、みみ、水着脱げてる⁉　タケス

ケのエッチ！　ちゃんと教えてよバカぁっっ！」

　さすがのタルトも気づき、むしろ偽乳を掴《つか》んで俺の顔に投げてきた。

　だがやっぱり狙いはめちゃくちゃで、あらぬ方に飛んでいってしまう。

「バカバカバカッ、こういうときくらいは当たってよぉ⁉」

「ご、ごめん！　って、さすがにそれはちょっと無茶というか……」

　気づくと、タルトは両手で胸を押さえたまま顔を真っ赤にして半泣きになっていた。

　俺は見ていられず、水着を手に、急いで流れていた胸パッドを拾ってくる。

「ほらタルト。ごめんな、拾ってきたからさ。てか、そんなに見られて嫌だった？」

「だって、やっぱり小さくて恥ずかしいから……っ」

「あー……そっか。でも俺は、なんだ、タルトのだったら、その……」

　正直、か、可愛いし、十分に魅力的だと思うんだけど――


「タルトちゃん、今の悲鳴はっっっっ――」


　と、そのとき、ふいに入り口付近からシュクレさんの声が聞こえてきた。

　ちょ、こんなときに戻ってくるの⁉　ヤバい、これじゃタルトが偽乳だってバレる。

　今までタルトが一所懸命に隠してきたのに、台無しにするわけにはいかない！

「タルト！　バレたくないんだろ、早くこれつけろって」

「う、うん、わかった。タケスケ、ごめん、後ろ結んで」

「え……っ……こうか？」

タルトが水着を胸に当て、俺は背中の紐《ひも》を結ぶ。ピンチなのもあり妙にドキドキする。

「あ、ありがと。って、やだ、顔熱くなってきちゃった。急がないとダメなのにっ」

あとは偽乳を水着のカップに入れて、首の後ろの紐を結んで固定するだけ。

だがタルトはあわててるのか、何度も偽乳を手から落としてしまっていた。

「タケスケ……っ、どうしよう、見られちゃう。似てないってバレちゃう！」

「だ、大丈夫だって、隠してやるから落ち着いて」

俺はタルトを後ろから抱きしめると、その場で反転。入り口の方に背を向ける。

「あの、九十九《つくも》さん？　タルトちゃん？　さっきの悲鳴は……」

次の瞬間、入り口の扉が開く音がしてついにシュクレさんが入ってきてしまった。

まさに間一髪のところだ。

「いや、なんでもないですよシュクレさん！」

「え？　でも……あら？　ふたりでそんなにくっついて、何をなさってるんですか？」

「え、いや、な、何もしてないです。偶然です！」

「あの、でも確かに悲鳴が聞こえたのですけど」

その間にもシュクレさんはプールサイドを回り、こちらの正面に回ろうとしてくる。

（タルト、やばいっ！　急げって⁉）

（だ、大丈夫。パッドは入れたから、後はまたタケスケが紐《ひも》を結んでくれれば平気！）

（わかった。これだな！）

俺は急いで紐を手に取ると、タルトのうなじの辺りで結んだ。

一方でシュクレさんはまだ俺達の正面には回っていない。まだ見られていない。

やった、間に合っ――

…………って、あれ？

俺の目の前で……今さっき結んだ首の後ろのチョウチョ結びが……徐々にほどけていく。それにともない水着全体が下に引っ張られ、タルトの胸が開放されそうに――

――やべっ、あせって結び目ゆるかった⁉

あわてて視線を向けると、ちょうどシュクレさんが正面に回りこんでこちらに視線を向けようとしていた。これはかなりシビアなところだ。

俺は落ちていく紐に必死になって手を伸ばす。だがどうにも間に合いそうにない。

こ、こうなったら本体を止めるしかない！

俺は決死の思いで水着のカップの部分を目指して両手を伸ばす。

パッドだってバレないためにはこれしかない。間に合えっっっっ――

「「「………」」」

次の瞬間、俺は見事に胸パッド自体を受け止めることに成功した！

だが偽乳だとバレずに成功したはずなのに、三人の誰もが口を開こうとしなかった。

なぜなら俺の両手が、タルトの偽乳を後ろからわしづかみにしていたからだ。それも水着のカップを押さえたつもりが間に合わず、偽乳本体を摑《つか》んでいる。

無論はたから見れば、後ろから抱きついて胸を揉《も》みしだいているようにしか見えない。

………呆然《ぼうぜん》とする三人。

その沈黙をやぶるように、シュクレさんが言葉を発する。

「な……生揉《なまも》み…………生入れ……生たまご」

なぜ早口言葉風なのだろうか。まったくわからない。

だが、そのあとの重々しい言葉の意味だけはハッキリとわかった。

「ロッカールームで話しましょうか」

明らかに「調教現場を押さえました」と俺に伝えていたのだ………。

◆

人気《ひとけ》のないロッカールーム。その隅に置かれた長椅子に俺とタルトは座っていた。

正面にはシュクレさんが座り、なんとも神妙な面持ちをしている。

さっきまであんなに楽しかったのに、まさかこんなことになるなんて……。

と、そんなときタルトが最初に口を開いた。

「お、お姉さ──」

「タルトちゃん。先に質問に答えてください」

だが次の瞬間には、シュクレさんの落ち着き払った言葉が遮るように差し込まれた。

「あんなにふたりで密着して……入れていたんですか？」

そしてさらに……なんか意味のわからない言葉を続けられた。

入れてた……？　何を？　胸を揉《も》んでるようには見えたかもしれないけど。

「っ！　わかっちゃい、ますわよね……」

だがそれに対して、タルトはハッとしたように自分の胸を押さえる。

あ、入れてたって胸パッドのことか！　でも、あれ？　生揉《なまも》みとか言ってたけど。

「奥まで入れていたのですか？」

そんな中、シュクレさんがさらに謎の言葉を続けた。

「奥？　まぁ……たぶん」

さすがのタルトも首をかしげる。俺も内心ではまったく同じ気持ちだ。

すると、なぜかシュクレさんは一度だけ俺に目を向け、

「わたしだって入れてもらったことないのに……水中でバックからなんて」

なんか小声でつぶやくと、急にしょぼんとした。

え？　何を言ってるんだシュクレさん。しかも何で俺の下腹部を見たんだ？

てかバックって……あ、ちょっと待った。バックからってシュクレさん、あ、案の定、
俺とタルトがプールでエッチなことしてたって勘違いしてるんじゃないのか？

つまりシュクレさんから見たらプールでの一件は、俺がバックから胸を揉みながらタルトに奥までズキューンしてるように見えたってことだよね。話が繋《つな》がった。

って、いくら話が繋がろうとも身体《からだ》は繋がってないですよ⁉　誤解だよ誤解！

しかもタルトはタルトで秘密がバレたと思ってへこんでるし。どんな勘違いだよ。

でもこれは訂正するとタルトが胸パッドだってバレるし、どうしよう……。

「ではこのあいだ屋上にいたときは、タルトちゃん達は何をなさっていたのですか？」

俺が迷っている間にも、話は続いてしまう。

「それは……」

「いえ、予想はつきますけどね」

「ええ……。ゲームで遊んでいたら、流れで実戦になってしまって……」

タルトは肩を落とし、「お姉様は何でもお見通しですわね」と悲しそうに微笑《ほほえ》んだ。

いや、何でもは知らないでしょう。エロいことだけしか知らないよその人。

でも待てよ？　この流れ、さすがに格闘技系の話で勘違いとかはないだ——

「えぇ⁉　やっているだけでムラムラするようなゲームをした後に、野外で本番まで⁉　す、すみません、予想はしていたものの、実際に聞くと刺激が強すぎて目まいが……」

ちょ、これまで勘違いされた⁉

「とにかく、タルトちゃんがわたし以上の強者《つわもの》だということがわかりました」

「え？　強者？　もしかしてお姉様もそういうことに興味がおありでしたの？」

「あ、当たり前じゃないですか。興味しんしんです。今まで黙ってましたけど、わたしにもそういう趣味があるんです。もう、あってあってありまくりますっっ！」

「え？　お姉様……いえ、お姉ちゃん。お姉ちゃぁあ〜〜〜〜ん！」

「タルトちゃぁあ〜〜〜んっ！」

なぜか俺の目の前で水着姿の美少女ふたりが涙ながらにひしっと抱き合った。

見ようによっては感動的なシーンだけど……実際は勘違いしてすれ違ってますよね。

「そうよね。お姉ちゃん、このあいだ生徒会室で縄術の練習とかしてたもんね」

「あれだけで見抜くなんてさすがですタルトちゃん。一緒に道を極めましょう！」

「うん。お姉ちゃんと極めるっ。ほんと、ずっとあたしお姉ちゃんってこういうの嫌いだと思ってた。でも違ったのね」

「むしろ大好きです♪　タルトちゃんも、こういうの大好きだったのですね」

「うん。わたし、お姉ちゃんと同じ趣味が持てて嬉《うれ》しい！」

ぎゅ〜っと抱き合う双子の姉妹。え……どうすんだこれ。ほんと。

とはいえ訂正すると本当のことがバレかねないし……もしかして、軽く詰んでる？

「ならタルトちゃん、明日は日曜ですし一緒にヤりませんか？　九十九《つくも》さんと三人で」

って、ちょ、早速お誘いかけてるし⁉

「うん！　お姉ちゃん達と一緒にやりたい。そうだ、やるならうちの庭でしましょ」

「タルトちゃん野外派ですか⁉」

「うんっ。明日はお父様もいないし、うちの庭なら広いから」

「あ、確かにうちならいいかもしれません。はじめてが屋外……刺激的です♥」

シュクレさんとタルトが、お互いに勘違いしたまま話を進める。

ヤバい。とにかくヤバい。これは本当に開催されたら大惨事になりかねない。

こうなったら……

「あ、えーと、ごめん。明日は俺、無理だ。ちょ、超無理。予定ずらして欲しいな〜」

「へ？　無理なんですか九十九さん？　なら別の日で三人揃《そろ》う日に……」

よし、いいぞ。このまま予定を延ばしまくって予定自体を消滅させよう。

「え？　タケスケ、来てくれないの……？」

俺が内心で喜んだ瞬間、タルトが潤んだ瞳で見つめてきた。こ、これはめちゃくちゃ期待されてる感じだ。そりゃタルトにとっては夢みたいなイベントだろうけどさ。

「どうしても、ダメかしら……」

タルトが可愛らしく首をかしげる。

「っ……いや、そんなこともないけど……うん」

「ほんと？　なら来てくれる？」

「う、うん」

「えへへ、ありがとう。やっぱりタケスケはあたしの親友ね。お礼に明日はたくさんタケスケをおもてなしするからね♥」

俺がうなずくと、タルトが八重歯を覗《のぞ》かせながら微笑《ほほえ》んだ。

あ……しまった、可愛いお願いと涙に負けて無意識のうちにうなずいてしまった⁉

いや、タルトが喜んでくれるのは俺としても嬉《うれ》しいし、おもてなしも期待しちゃうけど……これっていざ始まったら互いの勘違いが露呈して今まで必死に隠してきた互いの秘密がモロバレになるよね。このままじゃ、姉妹の仲が引き裂かれてしまう。

ど、どうすればいいんだ。本気でまずい……。

「うふふっ、明日が楽しみ♥」

だがそんな俺をよそに、ふたりはとても幸せそうだった。

第六章
露呈ローテーション

その日の夜、俺は自室のベッドの上に寝そべり、ひたすら考え込んでいた。

なにかふたりを……タルトとシュクレさんを救う手はないのだろうか。このままでは互いの勘違いが露呈して、大変なことになる。

ふたりが悲しむ顔なんて俺は見たくない。最近は三人で一緒に遊んだり、楽しい日々が続いていたのに。それが二度と戻らないなんて、そんなのは嫌だ。

でも、何も良いアイデアが思いつかない。

これはきっと、両方の秘密を知っている俺にしか出来ないことのはずなのに……。

「ねぇ、お兄ちゃん……」

かなり本気でへこんでいると、妹の小桃《こもも》が部屋に入ってきた。何の用だろう。

「私、新しい下着を買ったの。ちょ、ちょっと似合ってるか見てくれない？」

小桃がもじもじとしながら着ているパーカーの裾をめくる。

そこにはいつも穿《は》いているショートパンツはなくて、大人っぽい黒いフリルつきのパンツがあったが——俺はそれどころじゃないので適当にスルーする。

「んー、よく似合ってるよ。たぶん」

「っ……そっか。て、ていうか寝たまま言うとか失礼なんだけど！　罰として私も一緒に寝かせなさいよね」

小桃《こもも》が頬を赤くしながら、ベッドにひざをついてよちよち歩きで擦り寄ってくる。

俺が頭を撫《な》でてやると、恥ずかしそうに目を細めて俺の腰に抱きついてきた。

「な、なに頭撫でてんのよバカ。お兄ちゃんってばシスコンなんじゃないの？」

「え？　普通のことじゃないか？　妹に優しくするのって」

「〜〜〜〜っ。なら我慢して一緒にいてあげるから、精一杯優しくしてよね」

小桃がさらに、ぎゅ〜っと強く抱きついてくる。

てか俺もタルト達と一緒にいたいんだよな。本当になんとかしないと。

でも、そもそも俺に出来ることってなんだろう。そんなに取り柄もないしなぁ……。

「な、なに？　もしかして考え事？」

俺が内心でへこんでいると、腕の中から小桃が見上げてきた。

「いや、何でもないよ。大丈夫」

俺は目いっぱいの強がりを言って、小桃の肩をポンッと叩《たた》く。

「ってあれ？　お前、少し肩こってるな」

「っ……ま、まぁ私も最近また大きくなってきたから」

小桃がまったいらな胸に手を当てながらつぶやいた。何の話だろうか。

「まぁ何でもいいや。揉《も》んでやるよ」

「揉む⁉　ちょ……っ……そ、そこまで言うなら、ちょっとだけだからね……」

俺は明日のことはひとまず置いておいて、小桃の身体《からだ》を揉んでやることにした。

「じゃあ肩から腰にかけてほぐすから、うつぶせになって」

「は？　そ、そっち……？」

シュクレさんにも言ったけど、マッサージは両親が疲れているときしてあげたりする。

ともあれ、俺は小桃の肩の辺りをぎゅ～っと親指で押してやった。

「ん？　もしかしてお前、かなり疲れてたりする？」

「なんの話？」

「いや、妙に肩がこってるからさ。悩みでもあるのかなって」

「べ、別に。……お兄ちゃん、『普通』とか『平凡』とか変なことでウジウジしなくなったし……おかげでわたしも、特にそこまで悩みとかないけど……」

小桃は少し目を伏せた。何か言いづらいことでもあるのだろうか？

「ただ、前にうちに清流院《せいりゅういん》タルト様が来たでしょ？　それにシュクレ様とも最近一緒にいるのを学校で見たから、お兄ちゃんとどういう関係なのかなって……」

「え？　気になるのか？」

もはや校内では、「清流院姉妹と最近一緒にいる男がいるけど、あれって平凡すぎて石ころみたいなもんだから気にすることないよね」みたいにスルーされてるんだけど。

「い、いいでしょ別に。それで、お兄ちゃんは好きなの？　その人たちのこと」

「え？　うん。好きだよ。友達だし」

「えぅ……」

小桃《こもも》がボフッと枕に顔をうずめて、なぜか泣きそうな声を出す。

「え？　どうしたんだよ急にそんなに落ち込んで」

「なら…………私よりも、好き？」

「は？　何言ってんだよ。お前は大事な妹だろ。同じくらい好きだよ」

「……っ、も、もぉ、シスコンなんだから……お兄ちゃんってば超キモい……♥」

俺が正直に返すと、小桃は目を潤ませ幸せそうな表情で俺の枕に頬擦りをする。

そんなに嬉《うれ》しかったのか？　妹を大切にするなんて普通のことなのになぁ。

「ほら、じゃあわかったら力抜いて？　揉《も》みほぐさないとな」

「うんっ♥　うん……んっ、や、気持ちいい……あっ……れ……？」

俺は本で読んだとおりに小桃の肩や腰を揉みほぐしていく。優しく、時に激しく！

「あ、待って、お兄ちゃん、そこ、いっっっっっ～～～～～～――――……」

するとと小桃はつま先をピンと伸ばして二～三度身体《からだ》をフルフルと震わせると、そのまま気を失ってしまう。どうやら眠ってしまったらしい。

あれ？　マッサージ中に寝るとか、よっぽど疲れてたのかな。

って待てよ？　あまり疲れてない人には、俺の肩揉《かたも》みなんて平凡レベルかもしれない。

だが小桃《こもも》みたいに疲れている相手にになら、マッサージをするだけでも効果は抜群。

そして俺の身近にも、すごく疲れた人がいた気がする。

そうか！　これならもしかしたら、明日を乗り切れるかもしれない！

◆

翌日、俺は招かれるままに清流院《せいりゅういん》家の前まで来ていた。

バカみたいに長い塀に沿って延々と歩くとこれまた大きな門が現れ、そばにはタルトが立っていた。その姿は体操着にハーフパンツという、すでに準備万端の姿だ。

「おはようタケスケ。来てくれたのね」

「まぁな。てかシュクレさんは？」

「何か準備があるみたい。……そういえば、今日はタケスケも一緒にやるのよね？」

タルトが胸元のゼッケンをいじりながら、上目遣いで見つめてくる。

一応胸にパッド入れてるんだな。入れた状態で服のサイズ合わせてるからか。

「うん。そのために来たんだろ？」

「そっか。えっと、無理しないでね？　タケスケ、あまり格闘技の経験がないんだから」

「なんだよ急に？」

「きゅ、急じゃないわよ。親友の心配をするのは当然でしょ？　それに——」

タルトはそこで言葉を一度切ると、恥ずかしそうに口元に手を当てつつも微笑《ほほえ》む。

「それにね、今日はあたし、お姉ちゃんとメインで戦ってみたくて。お姉ちゃんとはまだ一度も格闘技とかしたことがないから」

「ん……ま、まぁそうだろうな」

「今まではね、格闘技ってお嬢様っぽくないから胸を張って好きって言えなかった。でもお姉ちゃんもやってるって知ったら本当に気が楽になったわ。なによりお姉ちゃんを思ってたよりずっと身近に感じることが出来て嬉《うれ》しかった」

「う、うん」

「もしこれを機に一緒に格闘技をやれば、それを通してもっと仲良くなれるかなって」

「もっと仲良く？」

「うん。仲良くなれれば、これからはタケスケに迷惑かけなくても気兼ねなくお姉ちゃん自身に作法とか勉強とか、お嬢様っぽくなる方法とかも聞けると思うし♪」

タルトは心の底から嬉しそうな笑顔を俺に向ける。

俺の胸は思わずドキッと跳ね上がり、そして不思議とズキリと痛んだ。

本当にそれが出来たらステキだけど、勘違いなんだよな……。

「あ！　でもね、タケスケは今までどおり親友でいて欲しいの。今まで協力してくれたし仲良くしてくれたから。また一緒に出かけて、ぬいぐるみとか獲《と》りましょ？」

「うん……わかった。でも、クレーンゲームの台を壊したりしない？」

「し、しないわよ。ちゃんと獲ってお姉ちゃんにあげるんだから♪」

「………」

幸せそうに未来を語るタルトに、俺は黙ってうなずく。やっぱりちょっと心苦しい。

でも勘違いだからこそ、せめてその幸せを信じたままでいて欲しい。

「いこ？　タケスケ。こっち♪」

タルトが嬉《うれ》しそうに俺の手を引いてくる。俺は内心で決意を固めつつ、後に続いた。


門から中に入ると、やたらだだっ広い敷地の中には巨大な豪邸が建っていた。扉を開けると、真っ赤な絨毯《じゅうたん》が一面に敷き詰められたホールになっている。

さらにはいたるところに高そうな絵画や緻密な細工が施された壺《つぼ》が置かれていた。

す、すごい……。

「どうしたのタケスケ、ボ〜ッとして」

「あ、いや、その……お前って本当にお嬢様なんだなって」

俺が言うと、タルトは「なによ今さら？」とキョトンとする。

「お嬢様でも何でも、あたしとタケスケは親友でしょ？」

瞬間、俺の心臓がキュゥ～ッと甘く締め付けられた。少しだけ目も潤んでしまう。

「そうだよな。ありがとう、タルト」

「ん♪　ほら、行きましょ？　お姉ちゃんが待ってるから」


タルトに手を引かれてやってきたのは、一面に芝生が植えられた屋敷の裏庭だった。

学校の体育館くらいの広さで、芝生の隅には大きな木が一本生えており、その下には白いテーブルと椅子が置かれている。

芝生の周りには美しい草花が芽吹いており、気持ち的に空気が美味《おい》しく感じる。

「この家は中学生の頃まで――この街にわたしたちが引っ越してくるまでは別荘として使っていたんですよ」

見ると、木陰のテーブルのそばにはシュクレさんが立っていた。なぜかフリフリのメイド服を着ており、優雅な手つきでお茶を淹《い》れている。

「って、え？　な、なにその服装」

「この服ですか？　サービスですよ♪　使用人はほとんど追い払っていますけど、こういう家に来たからにはメイドさんを見たいかなって」

シュクレさんがフリルつきのカチューシャを傾けて微笑《ほほえ》んだ。その何でも受け入れてくれそうな従順な微笑みに、思わず俺の胸がキュンッと高鳴る。

可愛すぎる。メイドさんというか、シュクレさんのメイド姿が見られて良かった！

「あう……お姉ちゃん、先に言ってくれればあたしも同じ格好したのに。どうせ後でお姉ちゃんが着替えるなら、あたしもそのときに体操服になれば良かった……」

タルトが少し残念そうにうつむく。

タルトのメイド服姿かぁ。きっと元気で可愛いんだろうな。

「うふふ、でも他のコスプレも混ぜた方が九十九《つくも》さんも飽きなくて良いと思いますし、タルトちゃんの体操服っていうチョイスはナイスだと思いますよ♪　エッチで」

って、いきなりなんの話をしてるんだシュクレさん⁉　ヤる気満々すぎるよ！

「へ？　エッジ？　エッジがきいてるってことかしら……」

しかもタルトもタルトで聞き間違えてるよ。や、やっぱ俺が何とかしないとだな。

俺たちは少しだけお茶をして休憩をとった後、庭の中央に集まった。

休憩中は、シュクレさんが焼いてくれていたクッキーを美味《おい》しくいただいた。

しかもシュクレさんが「あ～ん♥」ってしてくれて、ついドキドキとしてしまった。

あとシュクレさんがやったことはマネしたいのか、タルトも「あ～ん……っっ」て俺に食べさせてくれた。まさに幸せ。こんな時間がずっと続けばいいと思ったくらいだ。

でも舞い上がってるだけじゃダメだ。幸せを感じられたからこそ、秘密がバレて台無しになるようなことにはしたくない。ふたりには仲良しのままでいて欲しいから。

俺のためにも、ふたりのためにも……ここが正念場だ！

「では、はじめましょうか♪」

シュクレさんがにっこりと微笑む。

「はじめるのはいいけど、お姉ちゃんは着替えないの？」

「わたしはこの格好でいきますよ。武器も用意しましたから」

ちらっと見ると、シュクレさんの手にはいつの間にか電動マッサージ器が握られていた。

あきらかにエロ目的で使う気満々だ！

「そっか。お姉ちゃんは武器の達人なのね。ついていけるように頑張らないと！」

「うふふ、おやつも食べたことですし、次はふたりを美味しくいただいちゃいますね♪」

「お、おいしく料理するってことね。さすがお姉ちゃん、すごい自信……」

うずうずと拳《こぶし》をふるわせながら今か今かと目を輝かせるタルト。

まるで少年漫画の主人公みたいに綺麗《きれい》な目だ。

一方でシュクレさんの目も、今か今かと熱っぽくエッチに輝いていた。

男としてはある意味嬉《うれ》しいけど、やはり変態だ。

ともあれ、俺の前でふたりが構えを取る。止めるなら今しかない！

「では、いざ尋常に」

「「しょ――」」

「待ったぁっっっっっっっっっっっっっ！」

俺はここぞというタイミングで、ふたりの間に割って入った。

さすがのふたりも俺の行動に驚き、互いに拳《こぶし》とマッサージ器を引いてくれる。

「ど、どうしたんですか九十九《つくも》さん？」

「待った。とにかく待ってくれ。シュクレさん、まず俺とふたりだけでしよう！」

「ちょ、タケスケ？」

聞いてないとばかりにタルトが詰め寄ってくる。

「ごめんなタルト。どうしても俺が先にしたいんだ」

「なんでよタケスケ！」

「なるほど。わかりました。わたしは構いませんよ？　九十九さんのお気持ちは本当に嬉《うれ》しいですし、わたしもはじめては九十九さんがいいです」

「お、お姉ちゃんまで！」

「それにわたし九十九さんはタルトちゃんとしたいんじゃないかって思ってたんです。でもわたしを選んでくれるなんて、ちょっと本当に恥ずかしくなっちゃいました……♥」

シュクレさんは口元に手を当てて、顔を真っ赤に染めた。

あまりにも意外で可愛らしい表情に、俺の心臓がドキンッと高鳴る。

なんていうか、本当にシュクレさんは色々とドキドキさせてくれる……。

「でもタルトちゃん。我慢できなくて交ざりたくなったらいつでもいいですからね！」

って何をまた言い出すんだ⁉

「あれだったら九十九さんの後ろもこちらでほぐして――」

「あ、あーっあーっ、もう早く始めようシュクレさんっっっっっ！」

とにかく俺はタルトを下がらせ、シュクレさんと向かい合う。

「――じゃあ、あらためて勝負開始です！」

「き、緊張の一瞬だな……。よし、来い…………って、わっ⁉」

シュクレさんは開始の合図とともに、ぎゅっと俺に抱きついてきた。

柔らかな胸が押し当てられ、ぷにゅっとした感触が俺の脳を甘くとろけさせる。

「うふふ、タルトちゃんが見てますよ九十九さん。わたしたちこれからシちゃうんですよね。自宅の庭で、実の妹の目の前で。……わたし、身体《からだ》が火照《ほて》ってきちゃいました」

さらにシュクレさんが俺の耳元でささやいた。

その背徳的で甘美なささやきに、俺の理性が一瞬ゆらぐ。

な、なな、なんてエッチなことを言うんだこの人は！　一応俺も男なわけで……。

「…………（じー）」

って何考えてるんだ俺は。タルトが見てるから。落ち着け、落ち着け。作戦が失敗したらそのときは……姉妹の仲が裂かれてしまう。チャンスはこの一回しかないんだ！

「そうだシュクレさん、最近疲れてない？　プリントの束とか持ったりさ」

俺はシュクレさんの肩に手を置き、身体《からだ》を離させる。

「はい？　確かに肩はこってますし疲れてますけど……。でもその日頃のストレスの分、今日はめいっぱい激しくして欲しいです♪」

「い、いやそうじゃなくて」

俺はとっさに、ズボンのベルトを外そうとしてきたシュクレさんの手を摑《つか》む。

「なら脱ぎますか？　わたし楽しみすぎていつもよりキツく身体を縄で縛ってるんです。あまり動くと息が出来ないくらいなんですよ。今から見せてあげますね♥」

「本当に⁉　って、違う、ぬ、脱がないで、待って。お願いだから」

俺は胸元をはだけようとするシュクレさんを必死で止める。

「え？　な、ならどうすればいいんですか？　とりあえず胸とか触ります？」

シュクレさんは首をかしげながらも、俺の手を取って自身の胸に導いた。

たっぷりとした胸に俺の手が沈み、マシュマロのようなふかふかした甘い感触がダイレクトに俺の脳内を駆け巡る。指の間から形を変えてこぼれる様がとっても刺激的だ。

こ、これがシュクレさんの胸っっっ！　柔らかい、心地いい、とろけそうっっ――

「って、あぁもう、そうじゃなくて！　いいから揉《も》ませてくれ！」

俺は必死に理性を取り戻すと、シュクレさんから電動マッサージ器を取り上げる。

「へ⁉　タケスケがお姉ちゃんから武器を奪った！　すごいっ、そんなに強かったの⁉」

瞬間、見ていたタルトが驚きの声をあげる。純粋で素直なタルトからすれば、俺達は戦っているように見えるようだ。よし、これは……いける！

俺は勢いに乗ってシュクレさんの後ろに回りこむ。

「え？」

意味がわからずきょとんとするシュクレさん。だが俺は容赦せずにその肩にマッサージ器を押し当てた。かつ練習に練習を重ねた指さばきでもう片方の肩を揉む。

ただひたすら、このこり固まった肩をほぐす！

「え？　ひゃぅ⁉　な、なんですか九十九《つくも》さ……やっ、き、きもちい……っ」

シュクレさんが気持ち良さそうに身をよじる。

「え？　タケスケ、今度は何をしてるの……？　よくわかんないけどお姉ちゃんの力が抜けてて……もしかして、秘孔《ひこう》とかそういう技⁉」

しかもタルトはタルトで、なにやらまた勘違いをしているようだ。

よし、上手《うま》くいってるぞ。エッチな意味でも格闘技の意味でも、揉み合いってやつだ！

俺は流れが来ていることを確信すると、力の限りシュクレさんの肩を揉《も》みほぐす。

「あぁ、九十九《つくも》さんっ、だ、だめです〜〜っっ⁉」

せっかくなので、俺は脇の下のリンパや二の腕の凝りもほぐしていく。そのたびにシュクレさんは快感に打ち震え、メイド服は乱れて段々と着崩れてくる。でも無視。

胸元がこぼれそうになっても無視。ふり乱される金髪から甘い香りがしても無視。スカートがめくれても無視。めくれて腰の横あたりにあるべきものがなくても……、
ってなんではいてないんだこの人！

「わたしがパンツあげたとき、九十九さんが初めいらないって言ってたのをふと思い出して、あんっ、パンツいらないってことは、『はいてない』推奨な方かと思って。だから、今日は趣向を変えて、趣向を、変え……だ、だめえええぇっ」

ダメなのはシュクレさんですよ⁉　男からすれば、ある意味嬉《うれ》しいかもしれないけど。

くそっ、それより、こうなったらラストスパートだ。うおおおおおおおっっっ！

俺は腕の限界を超えてツボというツボを押していく！

「あっ、やっ、だめ、力が抜けてっ、気持ち、いっっっっっっ〜〜〜〜〜〜〜〜〜〜〜〜〜〜〜〜〜〜〜〜〜〜〜〜〜〜〜〜〜〜――――――っ⁉」

『ドサッ』

シュクレさんが幸せそうな顔をしながらひざを折り、ついに地に伏した。

さながら、YOU WIN！

「勝った……。やれば出来るんだ、俺は……！」

やれば出来る。これも不良に絡まれたときに学んだ勇気のたまものかもしれない。

「ちょ、ど、どういうこと⁉ タケスケがお姉ちゃんを倒しちゃった！」

勝利の余韻にひたっていると、タルトがあわててシュクレさんに駆け寄る。そしてあおむけにして意識を失ってるのを確認すると、信じられないような目で俺を見てくる。

「あ、あ～……いや、ともかくさ、これじゃシュクレさんとお前は勝負できないよな。それにタルトも強いやつと戦いたいならシュクレさんより俺と戦うといいよ」

俺はあわてて格闘技的な強さをアピールすべく、胸を張ってみせる。

「なら今すぐあたしと！」

「ってそれは無理っっ⁉」

「なんで⁉」

「シュクレさんとやって疲れちゃってさ。えーと、ほら、俺の戦い方はクレーンゲームみたいに集中力を使うっていうか。とにかく今度またやろうな？」

「……そっか。わかった」

俺は内心ドキドキしながらも、むくれるタルトの頭を撫《な》でてやった。とっさに妹にやるみたいに撫でちゃったけど、意外とタルトは顔を赤くしながら落ち着いてくれた。

ふぅ、危ない危ない。

でも、これで無事に互いの秘密を守ることが出来た。良かった良かった……って？

…………………？

ちらっと俺が視線を下に向けると、もちろんそこにはシュクレさんが倒れていた。

でも幸せそうだった顔が苦悶《くもん》の表情に変わっており、よく見ると胸が上下していない。

「あれ？　もしかしてシュクレさん……呼吸してないいんじゃないのか⁉」

確認すると、息自体はしているようだが……かなり細い。とてつもなく息苦しそうだ。

「ま、まさかタケスケ、そのよくわからない拳法でお姉ちゃんのこと……」

「そんなわけないだろ。殺傷能力なんてあるわけが……って、まさか！」

俺はシュクレさんの首元を見た瞬間、縄のあとがついていることに気づく。息が出来ないほど強く縛った……確かそんなことをシュクレさん自身が言っていた気がする。

まずい。俺との戦闘中に乱れてさらに縄が身体《からだ》に食い込んでいるとしたなら……。

これはすぐに縄を外すなり切るなりしないと酸欠になるかもしれないっっっ！

でもタルトの前でシュクレさんの胸元を開いたら、身体を縛っているのが見られる。今まで変態ってことを必死に隠していたのが水の泡だ。

くそ、どうすればいいんだ。早く縄を外して手当てをしなきゃいけないのに……。

って……手当て？　手当てと言えば、お医者さん？

「そうだタルト、救急車を呼んでくれ！」

「救急車？」

「うん。連絡しようにも俺、携帯電話を持って来てなくてさ。タルトも体操着だし持ってないだろ。悪いけど屋敷まで行って、家の電話かお前の携帯で急いで呼んでくれ！」

それならタルトが行くしかないはずだ。俺は家の構造を知らないわけだし。

「え？　あ、うん！　わかった、部屋が近いし携帯取ってくるわね！」

俺の言葉にしたがってタルトは屋敷の方へと走っていった。

「ふぅ……何とかなった。っと、それより早く縄を外さないと！」

俺はシュクレさんの胸元からお腹にかけてのボタンを外し、助けるためと割り切って胸元を開く。

そこには黒いレースのブラと張り巡らされた赤い縄があった。

「これで………っ」

俺は固い結び目をなんとかほどいて、縄をゆるめる。

「けほっ！　けほっ……はぁ、はぁ……」

同時にシュクレさんが激しく咳《せ》き込み、なんとか呼吸が戻る。

ふぅ、良かった。何とかなった。最後の最後で本当にひやひやしてしまった。

でもシュクレさんも助かったし、秘密もバレなかった。結果は上々だ。

さてと、あとはタルトが戻ってこないうちにシュクレさんの服を直すだけ――

「病状ですか⁉　えっと、息をしてなくて」

タルトっっっ⁉

ふり向くと、タルトが携帯電話を耳に当てながら俺のすぐ後ろまで迫っていた。

戻って来るの早すぎだろ！

胸元の縄は外したけど、それ以外の部分はまだ縄で縛られている。特にお腹のあたりとか服を開いてるせいで丸見えだし……まずい⁉

「タルト！　もう大丈夫だから来るな⁉　頼むからっっ！」

俺はとっさにシュクレさんの服を閉じて隠そうとしたが、

「どいて！　お医者さんに病状を伝えないといけないの！」

タルトは腕一本で軽々と俺を押しのけると、必死な表情でシュクレさんに近寄る。

そして病状を確認しようとその様子を見て……携帯電話を取り落とした。

「なに、この縄……」

「っ……タ、タルト、とにかくシュクレさんはもう大丈夫だから！」

俺はタルトの横から割り込み、シュクレさんの服のボタンを閉じた。

そしてタルトの落とした携帯を拾い、もう大丈夫なことを伝えて通話を切る。

目を戻すと、タルトはその間ずっと変わらずにシュクレさんを見つめていた。

「これって……どういうことなの？」

「いや、その……」

何度もピンチをかわしてきた俺でも、今回ばかりは上手《うま》い言い訳が出てこない。

前にタルトは変態やＳＭ好きのことを、身体《からだ》を縛ったりする人と言っていた。まさにこの状況とドンピシャに重なっている。姉妹の仲が裂かれかねない、最悪の展開だ。

だが……それでも俺は奇跡にかけるしかない。

「タルトにはどう見える？」

「変態に……決まってるじゃない。気持ち悪い本に載ってたのと同じだもの……」

だがさすがのタルトでも、ここまでの状況では勘違いするはずもなかった。さらにはじっとシュクレさんのことを見つめたまま、俺には視線すら向けてくれない。

「タケスケは知ってたの？」

「え……」

「知ってたんでしょ？　だからあたしを遠ざけようとしたんでしょ」

「まぁ、その……」

でも違うんだよタルト。知ってて黙ってたのは確かだけど、俺は……。

「俺は互いの秘密がバレないようにって、その、今日のこともエッチなことすると思ってるシュクレさんと、格闘技すると思ってるタルトの勘違いがぶつかったから、互いが傷つかないように、上手く隠して……。それに最初の頃はお前に伝えようと──」

「そっか……ありがとね……」

ふいにタルトの声が割り込んできた。

「え？」

「……思えば最初の頃、電話でお姉ちゃんが変態ってあたしに教えてくれてたわね。それをあたしの方が受け止められなかっただけ。黙ってたわけじゃなかった……」

タルトがうつむきながら「ふっ……」と笑った。

前髪が顔にかかって表情は読み取れないけど……え？　もしかして理解してくれた？

「ありがとね。あたしのこと思ってくれてて。最初の頃のことで、あたしがこの現実を受け入れられないって思って配慮してくれてたのよね。あたしが知っちゃわないように」

「え、うん……」

「そっか……それ、正解よタケスケ」

「正解？」

「だってこんなの、今でもあたしは受け入れられないもの……」

さわ……っと風がふいてタルトの前髪が揺れた。

奥からは青い瞳がのぞき、ぽろぽろと決壊するように涙があふれ出していた。

俺の心拍数はこれでもかと跳ね上がり、思わず身体《からだ》も固まる。

「……ごめん、タケスケ。あたし、ひとりで考えたいから部屋に戻るわね……」

タルトが立ち上がり屋敷へ戻ろうと歩き出した。

俺はあわてて後を追い、その肩に触れる。

こんな状態のタルトをひとりには出来ない。純粋に親友として心配だ！

「待てよタルト！　上手《うま》く言えないけど、その……ひとりでとか言わないで、俺とふたりで考えないか？　今までだって協力しあってきたんだからさ……」

「でも、あたしはもうタケスケの力になれない……。急に目標がなくなっちゃったから、突飛《とっぴ》な行動どころか、何をしていいのかわからない……っ」

タルトが視線を逸《そ》らしたまま、淡々と続ける。

「それに……あたしだって本当はお姉ちゃんのことを受け入れるべきだってわかってる。あたしも、ずっとウソついてきたから……」

「タルト……」

「でも、すぐには無理なの。変態っていうだけで、もうっ……子どもの頃のショックが蘇《よみがえ》ってきて、身体が震えて、気が遠く――」

言葉の途中で、急にタルトがよろめく。その顔はすっかり青ざめていた。

「ごめん、やっぱり……すぐには無理、だから……」

そこまで言うと、タルトは俺の手を払って家の方へと駆けていってしまった。

さすがにここまで言われると、俺は呆然《ぼうぜん》とその背中を見送ることしか出来なかった。

わかってはいたけど、タルトがここまで変態に対してトラウマがあるなんて……。

「タルトちゃんに嫌われちゃいましたね。わたしが変態なばかりに……」

「…………っ」

瞬間、俺は心臓が口から飛び出しそうになった。

振り返ると、いつの間にか背後にシュクレさんが立っていたのだ。

もう身体は大丈夫そうだが、その表情は青ざめて曇りきっている。

「格闘技、まだやっていたんですね。あの子。なるほど、プールでの色々な言葉のつじつまが合いました。それにわたしを目指しているという言葉の意味も」

シュクレさんが寂しそうに微笑《ほほえ》む。どうやら話を聞かれてしまっていたようだ。

それにこの短時間で全部理解するなんてさすがやり手の生徒会長だ。

くやしいほどに、悲しいほどに頭がよく回ってしまう……。

「で、でもさ、えっと……あ、あいつのは暴力とかじゃなくて――」

「九十九《つくも》さんに助けてもらったのに、お互いにこうも別々の道を歩くことになるなんて」

「へ？」

「いえ、こちらのことです……。ともあれ、タルトちゃんはやっぱり今もまだ変態が苦手なのですね。そもそも、わたしの自業自得ですけど……」

シュクレさんはどこか遠い目をすると、小さくため息をついた。

「それで、九十九《つくも》さんはどうすればいいと思いますか？」

「え？」

「変態同士、こういうカミングアウトする前にバレちゃった場合の対処法とかご存知かなって」

「な、なに言ってるんだよ。俺は『変態』じゃ……」

って、そうか。

姉妹でお互いの秘密がお互いにバレてしまったけど、俺がシュクレさんについてたウソはバレてないのか。

「九十九さんでもわかりませんか。すみません、虫のいいことを聞いてしまって」

俺は本当は『普通』の男なのに……。

シュクレさんは涙すら流さずに、ただ悲しそうに微笑《ほほえ》む。

「九十九さん、今日はもうお帰りください。そろそろお父様も帰ってきますので」

「う、うん。でも……」

「また学校で相談に乗っていただければ嬉《うれ》しいです。それまではひとりで考えてみます。わたしのせいで出来たトラウマなら、わたし自身で解決しないといけませんから」

「わかった……」


その後、俺はシュクレさんに連れられて門まで戻ると、そのまま帰路についた。

なんだか俺だけ門から閉め出されたみたいで……とても悲しくて、心が痛かった。

俺は今まで、互いの秘密がバレないように気をつけながら動いてきた。

でも、バレた後のことは考えていなかった。

いつかそれとなく伝えれば、タルトを立派なお嬢様にしてあげれば、丸く収まると思っていた。

けど、それはただの先延ばしだったのだろうか。

秘密の関係とはいえ、一緒に過ごせてすごく楽しかったのに。

タルトとシュクレさんも、さっきまではあんなに仲が良さそうだったのに。

なんで、こんなことになってしまったんだろう……。

第七章 変態と爆砕の双子といつまでも普通な俺

清流院《せいりゅういん》シュクレは、幼い頃から勉強も運動も器用にこなせた。

だが代わりにシュクレには、小学生の頃からずっと友達がいなかった。

クラスメイトは口を開けばシュクレを褒めたて「自分たちとは出来が違う」ともてはやした。それはまるで線引きをされるような言葉だった。

だからシュクレは、それが嫌でわざとテストを白紙で出したことがあった。

けれど周りはシュクレを受け入れるどころか、「大丈夫⁉」と本気で心配をしてきた。

さらにはそのせいでシュクレが一身に受けてきた父親の期待は妹のタルトに飛び火してしまい、「頼むからお前もしっかりしてくれ」と妹が厳しく責められてしまった。

だからシュクレはあえて孤立の道へ戻った。他とは違う清流院シュクレを演じ続けた。

小学三年生の夏の日、別荘として使っていたこの家に来るまでは。


その日、幼いシュクレはタルトを連れてこっそりと近所の公園に遊びに行った。

だが髪の色が違うシュクレたちはガキ大将みたいな子に絡まれてしまった。

突き飛ばされて泣きじゃくるタルトを、シュクレは守ろうと必死になった。

けれどそこにあらわれたのが、手にごっそりとエッチな本を抱えた男の子だった。

男の子があらわれるとガキ大将たちはこぞって男の子に群がり、頭を下げてエッチな本をもらっていた。

シュクレはそれを見た瞬間、暴力を暴力以外で解決できることに心から感動した。

そして少年に自分から声をかけ、遊びに誘い、妹と三人で楽しい一日を過ごした。

だからその次の日も、その次の日も遊ぼうと少年と約束を交わした。

だが、その約束が守られることはなかった。

父に「育ちが違うものとあまり深く付き合うな」と怒られてしまったのだ。

その日、シュクレは本気で涙を流した。

だからこそ余計に友達が欲しくなった。もっと男の子のことを知りたくなった。

泣き止《や》むように買ってもらった童話の本なんてみんなつまらなく感じた。

貧乏な女の子が王子さまに見初められる話なんて何も感情移入できなかった。

ただ唯一、少年からもらっていたエッチな本だけは面白かった。

その本に載っていたのはさえない主人公がお嬢様と知り合って愛し合う話だった。

今思えば単純で男の夢に忠実な話だったが、シュクレはそれに感動した。

家に縛られるヒロインに自分を重ねた。密会しては愛し合うふたりが羨ましかった。

いつかこの本をくれた少年と再会して、本と同じことをして欲しくなった。

エッチなことなら身分を越えられると思った。

身分なんてすべて取り払って、服を脱いで、ただの男の子と女の子になりたかった。

こうして誰も知らないところで、清流院《せいりゅういん》シュクレはみるみるうちに変態になった。

いつか少年に会ったら、この秘密を話そうと思った。

ガマンできず秘密を共有しようと妹にも読ませたら、ＳＭの話だったからか強烈すぎて失神させてしまったのは失敗だったけれど。


そして高校一年の春。シュクレは夢にまで見た少年とついに再会した。

けれど少年は覚えていないようで「前に会いましたよね」と話しかけても首をひねられてしまった。めずらしい名前だし間違えるはずもないだけに、なんだか少し寂しかった。

だが高校二年の春、奇跡が起こったのだ。

少年が校門の近くの茂みに隠れ、自分のことをカメラで盗撮していてくれたのだ。

シュクレは確信した。やっぱりエッチな本をくれた変態の男の子だと。

初恋の人だと。

◆

翌日。午前中の授業が終わると俺の席までシュクレさんがやってきた。

一緒にお弁当を食べようと誘われ、ふたりで生徒会室に移動する。

「で、その……あのあとタルトはどうだったの？」

俺は椅子に座り、コンビニで買った弁当を頬張りながらシュクレさんにたずねる。

「いえ、特に進展はなくて……。お部屋にも鍵をかけていて入れてくれないんです」

「そっか……」

やはりまだショックが抜けていないようだ。

現にタルトは学校にも来ていないし、俺のメールや電話にも反応してくれない。

「わたしは……どうすればいいのでしょうか」

シュクレさんが瞳を潤ませながら、俺を見つめてきた。

そうだ。俺までへこんでいても仕方がない。ここは男として力になってあげないと！

「えっと、シュクレさん自身はどうしたいの？」

「わたしは……わかりません。タルトちゃんがまだ格闘技をしていると知って、やっぱりショックはありますし……。どうしたらいいのか……」

「格闘技は、やっぱり嫌い？」

「はい。だって、乱暴なことですから……」

シュクレさんが目を伏せる。

そっか。って……あれ？　格闘技は乱暴だから嫌い？

もしかしてシュクレさん、勘違いしてるんじゃないのか？

「違うよシュクレさん。格闘技は乱暴に見えるかもしれないけど、タルトはそうじゃないよね？　乱暴なんかじゃなくて、タルトは元気で優しい子だと俺は思う」

「え？」

「俺は最近ずっとタルトを見てきたから、わかるよ。それに昔、タルトが格闘技をやってたときは乱暴だった？　意味もなく暴力を振るうような子だった？」

「あ………」

俺が伝えると、シュクレさんは口元に手を当てて驚く。

「そう、ですね。あまり格闘技のことを知らないのに、わたしがイメージだけでそう思っていたのかもしれません。ずっと一緒にいた、大切な妹なのに……。気づかせてくださってありがとうございます、九十九《つくも》さん」

「あ、いや、俺は最近も素《す》のタルトに触れてたからさ。知ってただけだよ」

「うふふ、本当の姿を見せてもらえるなんて、九十九さんはタルトちゃんに信頼されているのですね。話を聞いていたら、わたしもタルトちゃんのことをもっと知りたくなっちゃいました……♪」

シュクレさんが目を細め、優しく微笑《ほほえ》む。

「わたし、九十九さんのおかげで自分の気持ちがわかりました。わたしは……タルトちゃんと仲直りがしたいです」

シュクレさんは目を閉じると、ふたたび開ける。その瞳には決意の色が宿っていた。

「そっか。なら、俺も出来る限り全力でそれを手伝うよ」

そして仲直り出来たら、また三人で仲良く遊びたい。

他愛のない会話や、一緒にご飯を食べるのでもいいから。また三人で幸せを感じたい。

「でも、どうやったらタルトちゃんと仲直り出来るのでしょう」

あ、しまった。肝心の仲直りをする方法を考えていなかった……。

「ええと、説得するとか？　カミングアウトして、真っ直《ま》ぐ《す》に伝えるのはどうかな」

俺はとっさに思いついたことを伝える。

「カミングアウト、ですか……」

シュクレさんはしばらくの間、黙り込んでしまう。

「シュクレさん？」

「っ……ごめんなさい。仲直りはしたいですけど、さすがに急には怖くて。もしもそれで余計にタルトちゃんを傷つけたら……嫌われちゃったらと思うと、わたし……」

シュクレさんの瞳からはいつの間にか涙がこぼれ、頬を伝っていた。

「ご、ごめん！　シュクレさんの心の準備もあるよね。俺、よくわかってなくて」

そうか。シュクレさんは当事者なんだから怖いに決まってるよな。

けど、俺はその不安がわかってても変態じゃないから理解してあげることも出来ないし、解決方法も示せない。シュクレさんは俺を慕ってくれているのに……。

……数分後、シュクレさんはなんとか泣き止《や》んでくれた。

だが結局、そこでは根本的な問題の解決方法はわからずじまいだった。

◆

「ただいま……」

放課後、俺は軽くへこみながらも帰宅した。

くそ、せめて俺が変態だったらシュクレさんの力になれるのに……。

「あ……お兄ちゃんお帰り――」

と、俺が玄関を上がって廊下を歩いていると、制服姿の小桃《こもも》と出くわした。

だが俺を見た途端、その表情が凍りつく。

「お兄ちゃん、なんで手に縄とムチなんて持ってるの……」

「んー？　変態の気持ちを理解しようと思ってさ。セルフで色々と挑戦しようかなって」

俺は適当に答える。

それより今の問題は、シュクレさんをどう説得して勇気づけるかだよ。

「ムチとか、セルフとか……っ……お兄ちゃんが、お兄ちゃんがまたおかしくなった！　もう知らない、お兄ちゃんのバカ〜〜〜〜〜っっ！」

小桃はそんな俺に背を向け、泣きながら廊下の奥へと走っていってしまう。

かと思うと途中でくるりと振り返り、全速力で俺の方に駆けてくると、

「くたばれっっっっっ！」

思いっきり俺の胸にドロップキックを放ってきた。

あまりの威力に俺はその場に尻餅をついてしまった。なんか、また嫌われてる⁉

「お兄ちゃんのバカ！　なんでまた元気がなくなってんの、信じらんないっっっ！」

俺が仰向けに倒れていると、小桃が腹の上に乗ってきた。マウントポジションだ。

「あ、いや、その、でもこれは仕方なくてさ。理由があるっていうか……兄ちゃんは変態の気持ちを知らないといけないんだよ」

「なんで？　お兄ちゃんは俳優志望？　それか小説家？　それともマンガ家志望⁉」

「え？　どれも違うけど」

俺の答えに、小桃は歯がゆそうに唇を噛《か》む。

「なら、そういうことする必要ないでしょっ！」

「いや、でもやらないと……。今のままだとちょっと」

「なんで⁉　ありのままのお兄ちゃんじゃ何がダメなのっ。普通とか平凡とか、そんなことでウジウジ悩んだり変なことしたり、意味わかんない！　別に女の子の下着に興味があるくらいなら普通のことだし、私は受け止めるから。胸を張ってよっっっ！」

小桃《こもも》が涙を流しながら抱きついてくる。胸が涙で濡《ぬ》れ、すごく心苦しい。

でも俺はこうするしかないんだ……。

だって規格外に強いタルトと、規格外にエッチなシュクレさん。そんなふたりの素《す》に『普通な俺』のまま立ち向かえるわけがない。説得出来るわけがないから。

だからせめて変態なキャラを身につけないと無理なんだ。力になれないんだ。

だってあんなに強烈な個性で俺に接してくるんだから。短い間だったけど接すれば接するほど強烈に見えたし、それ以上に魅力的に見えることだって多かったしさ。

タルトは強い以外にも、本当に天真爛漫《てんしんらんまん》で元気いっぱいで。八重歯を覗《のぞ》かせた笑顔がまぶしかった。でも内心はとても照れ屋で、可愛い物が好きで、女の子らしくて。

一緒にいると楽しい最高の親友だ。

一方でシュクレさんは頭の回転が速くて、何かとよく気がついて、料理も上手で。

でも本当はすごく子どもっぽくて、俺といるだけで普段からは信じられないくらいはしゃいで、とても楽しそうにしてくれる。それに実はすごくウブなところもあるし。

正直、一緒にいるだけで俺の胸はドキドキしっぱなしだ。

そんなふたりがとびきり魅力的な素を俺だけに見せて、接してくれていた。

だから俺は……。そんなふたりの力になりたいから、変態になって、俺は……？

──待てよ。ふたりは素で接してくれてたんだよ。

なのに俺は今、なにを考えていたんだ？

変態キャラを『演じる』？　そんなの……そんなのありえない。

だってふたりは俺に、『心のまま素直に接してくれていた』のだから。

「……ごめんな。それと、ありがとと」

「ふぇ……？」

俺はそっと小桃の頭を撫《な》でてやる。

「なぁ、やっぱり変に演じるよりかは、今のままの方がいいかな？」

「当たり前でしょ。まだキモさもマシな方だし、そ、それくらいわかりなさいよね！」

「あはは、ありがとな。少しだけ勇気が出た」

うん。どうなるかわからないけど、俺はたとえ平凡でも自分自身が思ったことをふたりに伝えよう。だってそうじゃないと、素で接してきてくれたふたりに申し訳が立たない。

なにより大切な友達を悲しませたままで終われるか。

ふたりとも絶対に幸せにしてやる。

――それが俺の普通でありきたりな願いだ。

◆

清流院《せいりゅういん》タルトは、長いこと自分の部屋に閉じこもっていた。

誰も部屋に入れず、眠らず。もう丸一日、何も口にしていなかった。

シュクレが変態だと知ってからというもの、タルトはどうしたらいいのかわからなかった。変態という言葉を意識するだけで意識が遠くなり、クラクラしてしまう。

それにタルト自身の秘密を、すでにシュクレは知ってしまっただろう。

きっと暴力が嫌いなシュクレのことだから、幻滅したに違いない。

ただタケスケだけは、それでもメールや電話をしてきてくれる。どう返していいのかわからなくて、出ることや返信することは出来ないけれど……タルトは嬉《うれ》しかった。

でもこのまま引きこもっていたら、タケスケにも愛想を尽かされてしまうだろう。そう考えると怖かったが……だからといって、どうしたらいいのかわからない。

「なんで、こんなことになっちゃったんだろう……」

と、タルトがつぶやいたときだった。

携帯が震え、新着メールあり、と画面に表示される。

「タケスケ……？」

タルトは携帯を手に取り、メールを開く。

『Ｆｒｏｍ：九十九《つくも》武助《たけすけ》　件名：明日、会えないかな？

こんばんは。電話が繋《つな》がらないから、メールでごめんな。

今日、シュクレさんと話したんだけど、シュクレさんはタルトと仲直りしたいって思ってるみたい。タルトは……どうかな？

実際、これからどうすればいいのか俺にもわからない。でも、少なくとも俺は前みたいに三人で一緒に過ごしたい。

隠し事はあったけど、それでも一緒に過ごしていて楽しかったのは嘘《うそ》じゃないから。それは本当のことだったから。タルトが同じ気持ちだったら、俺も嬉しいな。

あと無理にとは言わないけど、明日家に行くから、三人で会えないかな？　もしタルトの意識が遠くなったりしても、俺が支えてみせるから。

俺って平凡だし、どう頑張ればタルト達の力になれるのかわからない。

でも、出来るなら最後までパートナーとしても親友としても、そばにいさせて欲しい』

そしてメールには最後に、『一緒に頑張ろう』と付け加えられていた。

それを見た途端、タルトの胸がきゅぅ……っと締め付けられる。

「なにが、頑張り方がわからない、よ。すごく頑張ってるじゃない……」

タルトは自分が引きこもっている間に、タケスケがシュクレと話をしてくれていたなんて思いもしなかった。自然と瞳が潤み、タルトは自身の目元をぬぐう。

「あたしがいないところでも、こんなに頑張ってくれてるなんて……っ」

タケスケは今まで、努力をしたくても、どう頑張っていいかわからないと言っていた。

だからタルトを参考にして、頑張る方向性を見つけたいと言っていた。

でもそれは違った。

タケスケ自身は気づいていないみたいだが、すでに精一杯頑張っていたのだ。

頼んだ写真を撮ってきてくれて、家に泊めてくれて、不良に絡まれているところを助けてくれて、一緒にゲームで遊んでくれて、泳ぎまで教えてくれた。

お互いの秘密がバレないように気をつかってくれて、今はお互いが仲直り出来るように頑張ってくれている。

タケスケは頑張れる人だ。友達のために一所懸命に頑張れる優しい人なんだ。

しかも、それが当たり前のことだと思っている。

「そんなステキな人、あたしの方が参考にしなきゃダメじゃない……」

シュクレも優しく頭を撫《な》でてくれたり、小さい頃からなにかと気に掛けてくれた。

デートを譲ってくれたり、自然とタルトのことを優先して、とても大切にしてくれた。

たとえ変態でも、優しいお姉ちゃんなんだ。

タケスケの言うように、三人で一緒にいて楽しかったのは確かなんだ。

そんなふたりと、もう二度と一緒に過ごせなくなるくらいなら……。

「ありがとう、タケスケ。あたし、頑張る……」

タルトは震える指先で、勇気を出して返信を打った。

そして高鳴る胸に手を当てると、自然とタケスケの笑顔を思い浮かべる。

「そっか……あたしってやっぱり、タケスケのことが……大好き……なんだ……」

安心したのか、次第にタルトの意識は深い眠りに落ちていった。

◆

翌日の放課後、俺はシュクレさんに頼んで清流院《せいりゅういん》家のお屋敷に入れてもらった。お父さんが出張中のようで、俺はスムーズにシュクレさんの部屋まで通してもらえる。

シュクレさんの部屋はとても綺麗《きれい》に片付いていた。

教室の半分ほどの広さはありそうな部屋の中には、品の良い木製の家具が並んでいる。

ただ聞くと、本棚に並んでいる本はカバーの中身がエッチな本とすり替わっていたり、引き出しの中には大人のオモチャが山ほど隠されていたりするらしいのだが。

「どうぞ、九十九《つくも》さん」

部屋に入ると、俺は促されるままベッドに座る。ふかふかで気持ちいい。

なによりシュクレさんの甘いにおいが香ってきてドキドキしてしまう。

一方でシュクレさんはメイドさんを呼び、紅茶とクッキーを運んでもらっていた。

「それで、今日はどうしたんですか？　大事なお話があるって聞きましたけど」

シュクレさんは小さなテーブルをベッドの近くに寄せると、上に紅茶とクッキーを置いた。そして俺のすぐ隣に腰を下ろす。

「シュクレさん。ええと、その前に、イスがあるのに何でベッドに座って話すの？」

「へ？　九十九さんの大事な話って、『覚悟を決めたから本番をしよう』みたいな話しかないと思ってスムーズに移行できるように場所をセッティングしたのですけど」

「い、いや、その手腕はすばらしいけど、ちょっと違うかな。でも大事な話があるのは本当だよ。タルトとシュクレさんの両方にね」

「タルトちゃんにも、ですか？」

「うん。だからそのために家に来たんだ。ちなみにタルトには事前に、『家に行くから、良かったら三人で話さない？』ってメールしておいた」

「なるほど～」

ささやかな会話をしながら、俺たちはのんびりとクッキーや紅茶に手を伸ばす。

もぐもぐ、もぐもぐ。ごくごく。もぐも――

「ってタルトちゃんが来るんですか――――――⁉」

シュクレさんは驚きのあまり立ち上がる。

持っていたクッキーを床に落とし、あわあわと落ち着かず、軽くパニック状態だ。

「ちょ、ちょっと九十九さん⁉　わた、わたしまだ心の準備が出来てないですよ」

「いや、大丈夫だよ。これから俺が勇気づけてあげるから」

「エッチするんですか⁉」

俺に詰め寄り、胸元のボタンを外し始めるシュクレさん。

「いや、ちょっと落ち着いて。そして座って」

「え？　は、はい。シュクレ座ります」

シュクレさんは謎の言葉遣いになりながらも、おとなしく俺の横に座りなおした。

「コホン……。えっと、シュクレさん。俺さ、タルトにはちゃんと勇気を出して伝えてあげたほうがいいと思うんだ。このままの状態を続けるわけにもいかないからさ」

「でも変態って改めて明かしたところで、普通は引くかもしれませんよ……？」

シュクレさんは落ち着かないのか太ももをすり合わせながら、横目で俺を見つめてくる。

タルトが来てしまうかも、ということがよほどプレッシャーになっているようだ。

「大丈夫だよ。きっと理解してくれる」

だからこそ俺は落ち着かせるためにも、にこやかにシュクレさんに微笑《ほほえ》む。

「シュクレさんが勇気を出せるように、俺もカミングアウトするから」

「へ？　それって九十九《つくも》さんが変態だってタルトちゃんに――」

「いや、違うよ。俺がカミングアウトするのは……シュクレさんにだよ」

「え……？」

頭の回転が速いシュクレさんでも、さすがに意味がわからなかったらしい。ぽかんと口を開けたまま放心状態になっている。

「ごめん。今までウソついてたけど、俺は変態じゃないんだ」

「はい……？　え、だって、わたしのパンツ受け取りましたよね？」

「ま、まぁ」

「それどうしました？」

「妹にあげた」

「完全に変態じゃないですかっっっっっっっっ⁉」

いや、確かにそれだけ聞くと変かもだけどさ⁉

「ていうか近年まれに見る変態ですよ！　もしかして、ゲットした獲物を家族に分け与えるみたいな感覚ですか⁉」

ガーン。あのシュクレさんにここまで言われるとは。

「で、でも本当に俺は変態じゃないんだ。むしろごく『普通』の男だよ。それにシュクレさんに近づいたこと自体、タルトから頼まれてやってたことなんだ」

「タルトちゃんに……？」

「うん。前に知ったでしょ？　タルトはシュクレさんに憧れてて、シュクレさんみたいになりたくて陰で頑張ってたって。それを俺は手助けしてたんだ」

「あ……」

「だから俺はその関係で、タルトに代わってシュクレさんのことを調べてた。写真もそのために撮ってたんだよ。変態のフリをしてたのはその方が近づけるって思ったから」

「…………なら、タルトちゃんのためにわたしを利用してたということですか？」

わずかな時間を置いて、シュクレさんの口からちょっときつい言葉が飛び出した。

「そう……だね」

「なら、わたしのことずっと変態だって思って引いてたんですか。同じ趣味を持った変態友達だってウソついてたんですか！」

「そうなるかもしれないね」

語気を強めていくシュクレさんに、俺は一歩も引かずに答える。

互いに見つめ合ったまま、しばらく時計の音だけが室内に響く。

「ひどい、です……あんまりです」

「ごめんね、変態友達じゃなくて。それに最初の頃は、やっぱり少しだけ引いてた」

「……………っ、なんですかそれ。勇気づけるって言っておいて……ぐすっ……」

「でもそれも、はじめだけの話だけど」

「……え？　どういうこと、ですか？」

シュクレさんが見つめ返してくる。今こそ俺が心のままに話すべきときだ。

「いや、シュクレさんと一緒にいるうちにさ、俺が段々と楽しくなってきちゃって」

「楽しく……？　わたしみたいな変態といて、ですか？」

シュクレさんは青い目を丸くして、驚きの表情を浮かべる。

「うん。変態的なことでも、『普通』な俺にはいい刺激になって楽しかった。それに変態なとこ以外にも、シュクレさんのいいところをたくさん見れて良かったと思う」

「いいところ？」

「うん。例えばシュクレさんって配付用のプリントを運んだり、肩が凝っちゃうくらいにみんなのために頑張ってるしさ。そういうところ、本当にすごいと思った。それにタルトのことを大事に思ってて、変態のことだっていつかカミングアウトしようってちゃんと思ってたでしょ。本当にシュクレさんって妹思いで優しいよね」

「え、あ……。わ、わたしが、優しい……？」

シュクレさんの顔がみるみる赤くなり、耳の先から首すじまでもが赤く染まる。

うん。こういう意外と照れ屋で可愛いところも、シュクレさんの良さのひとつだ。

「あの、ありがたいのですけど、それとタルトちゃんのことにどんな繋《つな》がりが？」

「繋がりはあるよ。だって普通な俺でもシュクレさんのことといいなって思ったし、だからこそ変態とか関係なく、仲良くしたいって思ったわけだからさ。なら誰にだって、普通にそう思ってもらえるはずだよ。もちろんタルトにだって」

「あっ……」

「だからタルトが来たら、ちゃんと向き合って伝えよう？　俺も手伝うから」

「え、あ……っ、九十九《つくも》さんがそこまで……」

「ダメかな？」

「い、いえ……大丈夫です！　むしろ嬉《うれ》しくて自信が湧いてきました！」

俺が素《す》の気持ちを伝えると、シュクレさんは何度も強くうなずいてくれた。

「そっか。ありがと。なら、あとはついでだけどさ」

「へ？」

「俺は変態じゃないから変態友達にはなれないんだよね。けど、こんな普通な俺で良ければ……普通のお友達になってくれるかな？」

俺は立ち上がり、シュクレさんに向けて真《ま》っ直《す》ぐ手を差し出した。

シュクレさんは俺の顔と手を交互に見ながら目を丸くする。

でも……結局、俺の手は取られることはなかった。

その代わりにシュクレさんが直接、俺の胸に飛び込んでくる。

「わたしも、わたしも九十九《つくも》さんと一緒にいたいです！　これからもずっと！　いえ、はじめて会ったときからずっとずっと同じ気持ちでしたっっ！」

「わっ、シュクレさん⁉」

「こちらこそ九十九さんとお友達になりたいです。プリントを運んでいたときも、プールで溺れちゃったときも、身体《からだ》を縛って息が出来なくなっちゃったときも、わたしのことをいつもこうして優しく助けてくれてありがとうございます！　…………っ」

瞬間、柔らかな感触とともに『ちゅっ』と頬に甘い感触が宿った。

それがシュクレさんのキスだとわかった途端、俺の顔は一気に熱くなってしまう。

「ちょ、今のはっ⁉」

「うふふ、お友達の印です。そして――」

シュクレさんが、さっき唇の触れた頬に人差し指を置いた。

「もっと仲良くなれたら、いつか……武助さんのを奪っちゃいます♥」

つつっと指が頬をなぞり、最後に俺の唇に触れてきた。その向こうでは、シュクレさんがイタズラっぽい微笑《ほほえ》みを浮かべている。

それはつまり、キ、キスするくらい仲良しな友達になりたいっていうことかな。

「本気ですからね？」

「え、あ……お、おてやわらかにお願いします。俺、まだしたことなくて……」

「ダメです♥」

シュクレさんがふたたび頬に口付けをしてきた。心なしかさっきより唇に近い。

いや、ただでさえ抱きつかれてやわらかな胸が当たってるのに、そんなことされちゃうと、あの、非常に男として、う、嬉《うれ》しくも困ってしまうんですけど。

「というか、助けたり手伝ったりしたのは当たり前のことをしただけで……」

「うふふ、そういう当たり前のことを普通に出来るところって魅力的で、わたしは好きですよ。これからもっと武助さんのステキな素《す》の姿が見られると思うと嬉しいです♥」

シュクレさんは俺の首に手を回すと、背伸びをして頬に頬擦りをしてくれた。

って、いま俺、『普通』なことを褒められたのか⁉　これは素直に嬉しいかも。

「ありがとねシュクレさん。すごく嬉しいよ。ちょ、超ドキドキしちゃった」

「いえいえ、こちらこそです。わたし、がんばってタルトちゃんに話してみますねっ」

「うん。俺も手伝うよ。タルトに認めてもらえるように――」

「わたくしがどうかいたしまして？」

その声に、俺は思わず心臓が縮みあがりそうなほど驚いた。

部屋の入り口を見ると、いつのまにかそこにはワンピース姿のタルトが立っていた。

「悪いことをしましたわね。夢中になってるところをお邪魔だったかしら」

タルトは優等生モードの優美な笑みを浮かべる。

一方でシュクレさんは完全に言葉を失い、俺の腕の中で青ざめていた。

「な、なに勘違いしてるんだよタルト。これは友達になった印のハグで、たいした意味はないって！　そんなことより、これからのことを話し合って……」

「そんなこと？　タケスケにとって友達になるって、抱き合うってそんなこと、な、なの？」

俺は買い物に行ったときに、タルトが優しく俺をハグしてくれたことを思い出す。

「あ……いや、大事なことではあるけど……」

「そう、よね。大事に思ってないとしないし、ふたりとも幸せそうだったもんね……」

タルトが自身の身体《からだ》を浅く抱き、泣きそうな目で俺を見つめてくる。

「タルト……？」

「ただ、あたしもタケスケが心配してくれて……家にまで来てくれてすごく嬉《うれ》しかった。だから、メールで言われたとおりにここにも来たの」

「なら俺と一緒に――」

「でも、今わかっちゃった。タケスケに必要なのはお姉ちゃんの方よね。頭もいいし、胸も大きいし。それに変態ってことは十分なくらい『突飛《とっぴ》』でもあったんでしょ？」

「いや、確かにシュクレさんは突飛で特徴的だけど……」

「なら、タケスケはお姉ちゃんといた方がいいと思う。元々の出来でも突飛さでも、あたしはお姉ちゃんにかなわない。目標まで見失ってる。そんなあたしと友達でい続けるよりも、タケスケはお姉ちゃんと友達になった方がためになるもの……」

「なんでだよ。お前も一緒に——」

「優しいのね、タケスケは。でもそれに甘えてたら、あたし自身が辛くなっちゃうから……。なによりあたしなんて必要ないってことが、あたし自身が一番わかっちゃったし……っ。ごめんね、邪魔者は消えるから……ふたりで幸せになってね」

「タルト⁉」

「待ってタルトちゃ——」

タルトは最後に無理やり笑顔を浮かべると、その場を走り去った。

俺は急いで追いかけるが、運動が得意なタルトにはかなわず。玄関まではなんとか追いかけたものの、すでに扉は開け放たれていて家の外に出た後だった。

扉の近くには靴が片方だけ落ちている。ピンク色の可愛らしいミュールだ。

あわてて足につっかけて行ったけど、走る途中で脱げてしまったのだろうか。

それより、これ以上はどこに向かったかわからないのが問題だ。

というか『あたしなんて必要ない』って意味は、まさか……。

「武助さん、タルトちゃんを探しましょう！」

俺が立ち尽くしていると、シュクレさんが後ろから追いついてきた。

その目はなぜか、俺以上に力強く輝いている。

「わたし、決心したからにはちゃんとカミングアウトしたいです。それに大事な妹を放ってはおけません！　わたしは変態ですけど、タルトちゃんのお姉さんですからっっ！」

シュクレさんは力強く言いきる。

「わたしは家の者に説明して手伝ってもらいます。武助さんは先に心当たりのある場所を探してください。タルトちゃんと仲良しだった武助さんにしか出来ませんからね！」

「わ、わかった！」

俺はうなずくと、靴を履いて玄関を飛び出す。ついでにタルトの靴も拾っておく。

絶対に見つけてやるぞタルト。

だってまだ俺の『本音』を伝えてないんだから！

◆

俺はシュクレさんと二手に分かれると、心当たりのある場所を探した。

屋敷の近く。ゲームセンターの前。一応、俺の家の近く。

でも、そのどこにもタルトはいなかった。不安ばかりがつのる。

それでも俺は、息絶え絶えになりながらも走り回り、色々な人に聞いて回った。

もう勢いのあまり、途中でタルトがボコボコにした市長の息子だかに間違えて声をかけてしまったほどだ。手にギプスをつけてるのを見て、気まずくなってすぐ逃げたけど。

でも、それでもタルトは見つからなかった。

すでに全身には疲労が溜《た》まり、今にも倒れてしまいそうなくらいだ。

けど俺は止まるわけにはいかなかった。

俺はシュクレさんに連絡を取り、改めて探す場所を分担する。

結果、俺は河原や公園などまだ探していない場所を。

シュクレさんは駅前や学校など心当たりのある場所を改めて探すことになった。

タルトのことだから普通の場所にいるとは限らない。かといって移動しているかもしれないし、一度探した場所でも改めて探す価値はある。これがたぶん、最善の方法だ。

ただ正直、商店街や繁華街にシュクレさんを行かせるのは外見的にも目立つし色々と心配だけど……いや、そっちは任せよう。俺はただ信じた道を進むだけだ。

すっかり夜もふけた頃、俺はいちかばちかで神社裏の雑木林に入った。

思えばここは、俺とタルトの関係がはじまった場所でもある。

暗がりの中を俺は携帯の明かりを頼りに進む。春とはいえ夜はさすがに冷える。

「タルトおおおぉぉ――――――ッ！」

淡い希望にすがり、俺はタルトを探し続ける。

こんな場所にいるわけがない。わかっているけど、それでも探し続ける。

「タル――」

「ちょっと、さっきからうるさ――きゃんっ⁉」

ふいに頭上の木が揺れたかと思うと……なぜかタルトが降ってきた。

「あ……あれ？　タルト、いた…………って、大丈夫かよ⁉」

見れば、タルトの姿はボロボロだった。ワンピースの裾は枝ですりきれ、胸元なんて例の偽乳がこぼれそうになっている。木から落ちたせいだろうか。

「う、うるさい！　ただ間違えて寝返りうっちゃっただけだもんっ！」

あわてて駆け寄ろうとした俺に向かって、タルトが尻餅をつきながらも必死で足をバタバタさせて蹴ろうとしてくる。

だがやはり恥ずかしい姿を見られたからか、狙いはめちゃくちゃだ。

まさか木の上で寝てたのかよ。あと、パ、パンツ見えそうだしさ。

「まぁいいや、シュクレさんも心配してるし帰ろう！」

「うるさい！　帰らないわよ。あたしはここで暮らすんだから！　財布も携帯も持ってないだろ？」

「は？　でも、こんな所にいてどうするんだよ！」

「そ、そうだけど、草とか食べればなんとかなるし。サバイバルは得意よ！」

ちょ、ガチでここで暮らす気かよ！　だから木の上で寝てたのか。

「ったく、なんでそんなに帰りたくないんだよお前は」

「だってあたしなんて必要のない子だもん。ギブ・アンド・テイクも成り立たないし、タケスケにはお姉ちゃんさえいれば十分でしょっ」

タルトは立ち上がると、今さらながらも破れたワンピースの裾を引っ張りつつ、涙ながらに訴えてくる。もう誰とも関わりたくないという雰囲気だ。

「待てよ、なんで成り立たないとか思うんだよ！」

「なんでも何も成り立たないでしょ⁉　出来るならあたしだってタケスケの役に立ちたい。でもこれから自分がどうすればいいかもわからないから、役にも立てない。結局あたしなんてお姉ちゃんに一歩及ばないダメな子だし、いらない子だから――」

「ふ……ふざけんなよっっっっっっっっっ！」

気づくと俺は全力で怒鳴っていた。

話を聞いているうちに、自分でもわからないくらいに頭に血が上っている。

「勝手にひとりで決めるな。それに何が『必要ない』だよ。俺にはお前が必要だ！　そばにいてくれないと困るに決まってるだろ！」

「な、なんでよ！　お姉ちゃんがいればそれでいいでしょ。タケスケは優しいからそう言ってくれるだけだもん！　あたしがいなくても困らないでしょ！」

「なに言ってるんだよ、困るに決まってるだろうが！　シュクレさんだけじゃ……変態な方向にばかり参考になっちゃうかもしれないだろ。それに、現に今だってお前の突飛《とっぴ》な行動を見てて俺はすごいと思って――」

「待って⁉」

と、俺の言葉にタルトが割り込んでくる。

「ちょっと待ってよ。あたしがいつ突飛なことしたのよ！　優しいからそう言ってくれるだけでしょ。嬉《うれ》しいけど、あたしは普通のことしかしてないから！」

本当にわかってないのか、タルトが真剣に抗議してくる。

「なに言ってんだよ。もうすでに突飛だろうが！　考えてもみろよ。『普通』は家を飛び出した女子高生が雑木林に来て、木の上で寝て、おまけにここに住むとか言うか⁉」

「……あら？」

タルトが可愛らしく小首をかしげる。

「で、でもここなら人通りも少ないし、食べられる野草も豊富でしょ？」

「だから普通は野草の区別とかつかないっての！　お前は格闘技の修行で山ごもりとかしてたから……あぁ、もういいや。ったく、とにかくお前自身の普通っての自体がズレズレなんだよ。本当にズレてて突飛《とっぴ》で、めちゃくちゃ……うらやましい」

「うらやま、しい……？」

「うん。自覚はなかったかもしれないけど、そもそものズレ方だって必ず格闘技関係の方向にズレてただろ。お前らしさが自然に出てたと思うよ。だからこそ、そういう自然と出せる自分らしさってのを持ててるのが『普通』な俺にはうらやましい」

そうだ、だから俺は怒ったんだ。

俺にとってはうらやましいタルトのことを、タルト自身が否定したから。

俺の一緒にいて楽しい大切な親友のことを、タルト自身が否定したから。

「あたし……らしさ」

タルトが自分の胸に手を当て、首をひねる。どうやらいまいちピンときてないようだ。

うん。ならやっぱり、伝えるしかないよな。俺の素直な気持ちを。

「あのさ……タルト。ずっと思ってたことだけど、タルトは無理に進む方向とか考えなくていい。タルトはタルトのままでいいんだよ。タルトにはタルトの良さがあるからさ」

いつの間にか、不思議と俺の胸はドキドキと高鳴っていた。

やっぱり自分の気持ちを伝えるのは緊張する。

「あたしのままでって、つまりずっと素《す》でいろってこと？　でも待ってよ。暴力的なところなんて全然お嬢様らしくないわよ。それに、自分の良さとかわかんないし……」

「でも俺はわかるよ。タルトの魅力が。方向が違うだけで、シュクレさんと同じくらいいいところがいっぱいあるって、俺は知ってる。どっちがいいなんて優劣つけられないし、だからこそシュクレさんもタルトも、ふたりともいないとダメなんだ」

「へ？　あたしがお姉ちゃんと……？」

「ほら、元気いっぱいなとことか、照れた可愛い顔とか。それと意外と可愛いものが好きとか。優しさとか。胸が控えめなところも意外と需要があると思……うおっ」

いいとこって言われたから教えたのに殴られそうになった。

もちろん狙いはめちゃくちゃだけど。

でもそういう勝ち気で元気なところも『タルトらしさ《魅力》』のひとつだ。

「バカみたい。ほんと……」

「そ、そんなにか？　でも俺はパートナーとしてお前とずっと一緒にいただろ。それに平凡で普通で平均的だからこそ、そんな自分と比べたときに相手の平均以上のところとか良さに気づくんじゃないかな〜って思うんだけど……あれ？　おかしいかな……」

「……っぷ。あはは、だって普通普通って、普通そんなデリカシーのないこと言う？」

タルトは涙をぬぐいながら、少しだけ笑顔を見せてくれた。

うん、やっぱりタルトの笑顔は可愛い。だから……ずっと近くで見ていたい。

「なぁタルト。今まで俺はシュクレさんのことをお前に教えてた。でも、今度はお前自身の良さを俺は教えてあげたい。だから改めて、これからも一緒にいられないかな？」

「え？」

「お前がお前の良さに気づくまで、みんなに認めてもらえるまで、一緒にいたいんだ。誰よりも俺がお前を認めてやりたいから。ギブ・アンド・テイク以上に、友達としてさ」

「タケスケ……」

「あと、俺もその間に俺らしさとか俺の良さってのを見つけてみたい。シュクレさんにはシュクレさんらしさを。タルトには、タルトしか出せないタルトらしさを見させてもらいながらさ。今は平凡で取り得もなくてカッコ悪いけど、いつか……」

「……カッコイイわよ」

「え？」

「きちんと追いかけて来てくれたり、男の子として当たり前のことを気取らずにしてくれる。なにより優しいもの。あんたの方があたしより何倍もすごいし、カッコイイ」

「え？　いや、そんな大それたことしてないだろ。俺は本当に普通のことを……」

俺が恥ずかしさから否定していると、タルトがハッと顔を上げた。

「あ、なるほどね。本当に自分の良さって自分だと気づかないみたいね。なら、タケスケの言うとおり……近くにいたいかも♪」

　タルトは前髪を指で流すと、俺に微笑《ほほえ》んでくれた。まだ八重歯が見えない小さな微笑みだけど、俺の心はとろとろに溶かされてしまう。

「帰りましょ？　えへへ、お腹もすいちゃった」

　タルトが苦笑しながらも、ゆっくりとこちらに歩いてくる。

「うん。シュクレさんも探してるからな。大事な妹だって言ってたよ」

「そっか。やっぱりお姉ちゃん……あたしのお姉ちゃんね。昔から変わらずにあたしのこと心配してくれ――きゃっ⁉」

　と、足元が暗いせいかタルトがつまずいた。

　俺はとっさに手を伸ばし、タルトの身体《からだ》を抱き止める。

「だ、大丈夫か？」

「うん。ありがと、タケスケ。……って大変！　ただでさえ服が破けてたのに、今ので胸のパッドがふたつとも飛んじゃってるし⁉」

　タルトは俺の腕を抜けて胸パッドを拾おうとする。

　だが俺は無意識のうちに、タルトを離さずに抱きしめ続ける。

「ちょ、ひ、拾えないってば」

「あ………いや、いいよ。もういらないだろ、胸パッドとか」

俺は胸をタルトの身体《からだ》にぴっとりとつける。やっぱりまな板だけど、少しだけ熱くてやわらかい。それにとても甘くて良い香りが……タルトの匂いがした。

「それはそうだけど。タケスケの鼓動が伝わってきて、ドキドキしちゃう……」

「へ？　あ、ご、ごめんっ、離れるから――」

「待って………寒いし、もうちょっとだけお願い………もうちょっと、だけ」

タルトはぬくもりを溜《た》めるように俺の身体を一度だけぎゅ～～っと抱きしめると、腕をほどいた。その頬はすっかり赤く色づいている。

「あ、そうだ。寒いならコレ」

俺はブレザーを脱いでタルトの肩にかけてやった。

さらに近くにあった大きな石に座るようにうながし、拾っていた靴を履かせてやる。

「拾っててくれたんだ……」

「当たり前だろ？　素足で出ていかれたら心配になるっての」

「そっか、ありがと。……タケスケって王子様みたいね。零時を過ぎちゃったし、立派なお嬢様からも遠いけど……それでも見つけてくれた」

「へ？」

「えへへ、なんでもない♪　……行こ？　お姉ちゃんが待ってるから」

そういうと、タルトは立ち上がって俺の手を優しく引いた。

◆

雑木林を出ると、俺たちはシュクレさんに電話をかけた。

だが留守番電話サービスに繋《つな》がるだけで応答がない。

俺たちは疑問に思いながらも、シュクレさんが向かったはずの駅周辺を一緒に探した。

もう夜もふけているため、コンビニと居酒屋くらいしか開いていない。

ただその真っ暗な中で、なぜか商店街の中心部に人だかりが出来ていた。

「近づくんじゃねぇぞ！　俺はこの女に復讐《ふくしゅう》してやるんだ。やっと見つけたんだ！」

「離してください。さっきから何の話をしてるんですか……⁉」

見れば、腕にギプスをしている男を中心に少年たちが金髪の女の子をつかまえ、ナイフを突きつけながら叫んでいる。

その周りをなぜか、燕尾服《えんびふく》の老人やメイド服の女性たちが囲んでいた。

「なんだあれ？　てか、あの腕にギプスつけてるやつって市長の息子とかいう……」

「あ……それに、捕まってるのってお姉ちゃん⁉」

目を凝らすと、タルトの言う通り捕まっているのはシュクレさんだった。

さっき『復讐』とかチラッと聞こえたけど……。

待てよ？　もしかしてこれって自分をボコボコにしたタルトと、双子のシュクレさんを間違えて復讐《ふくしゅう》しようとしてるってこと？

「お姉ちゃんに乱暴するなんて許せない！」

「ちょ、タルト！　でもシュクレさんは暴力が嫌いなんだろ？　まず話し合いで——」

「嫌われたっていい！　それよりお姉ちゃん自身の方が大事なのっっ！」

俺の言葉を待たずにタルトは飛び出していた。

一瞬で俺の横から姿がかき消え、まばたきした後には少年グループのリーダーに鉄拳を見舞っていた。さらに殴り、蹴り、投げ。

気づけば数秒足らずで少年グループは全員が地に伏していた。

「大丈夫？　お姉ちゃん」

「タルトちゃん……」

ボコボコにのされた男たちが散らばる中で、双子の姉妹が互いに見つめ合う。

タルトが差し出した手をシュクレさんが握り、しゃがんでいた地べたから立ち上がる。

「ごめんねお姉ちゃん。あたしね、見ての通り格闘技が大好きな乱暴者なの。今までお姉ちゃんのマネしてお嬢様ぶってただけで……」

「タルトちゃん！」

だが言葉が終わる前にシュクレさんは……なぜかタルトの頬に口付けをした。

「お姉ちゃん⁉」

「バカ！　もう心配させないでくださいっ！　本当は叩《たた》きたいところですけど、変態にキスされる方が嫌だと思ってキスしちゃいました」

真面目な顔で何を言ってるんだシュクレさんは⁉

でも逆にこれは優しさなのかもしれない。

タルトもタルトで、すごく嬉《うれ》しそうだ。

「い、嫌なわけないわ。それに心配かけてごめんね、お姉ちゃん……。あと変態って知って、イメージと違ったからって取り乱しちゃってごめんなさい……」

「いえ、わたしの方こそ変態でごめんなさいね、タルトちゃん。……でも、それでもお姉さんですから。せめて大事な妹の心配くらいはさせてください……っ」

シュクレさんの瞳から、涙の粒が流れ落ちる。

「もちろん！　だってお姉ちゃんに心配してもらえて、あたし嬉しかった。それに暴力的なところを見たばっかりなのに……あたしのことを『大事な妹』って言ってくれて」

「当たり前じゃないですか！　タルトちゃんは生まれたときからずっと一緒ですし、それに……形はどうあれ、今だってわたしを助けてくれたじゃないですか」

「お姉ちゃん……」

「確かに暴力的なことは嫌いです。でも物事の解決方法なんてその場によって違います。人によっても違います。なにより助けてくれて、わたしも嬉《うれ》しかったんです」

「お姉ちゃん……あたし、お姉ちゃんがあたしのお姉ちゃんで良かった……っ。あのね、まだ『変態』とかよくわかんないけど……お姉ちゃんは変わらずにお姉ちゃんだと思う。だからこれからも一緒にいたい！　タケスケと三人でっ！」

「タルトちゃん……っ。はい、わたしも同じ気持ちです！」

長い間すれ違っていたふたりが、ぎゅっと互いに抱きしめあう。

気づくといつの間にか周囲からは拍手が起きていた。見れば清流院《せいりゅういん》の家の人たちが双子の姉妹を称《たた》えている。

あれ、変だな、妙に目頭が熱い……。

気づくと、俺の目には涙が浮かんでいた。

でもこれはそれだけ俺にとっては感動的で、幸せな光景だった。

たとえベタで平凡な感動ドラマと言われようが、俺は大好きなふたりが幸せになってくれたなら嬉しいんだ。普通に感動できる。

――そうだな。普通っていうのも、たまにはいいのかもしれない。

エピローグ

翌日、俺はいつもの通りに通学路を歩いていた。

すると途中で後ろからリムジンが追いついてきて、窓からシュクレさんが顔を出す。

「おはようございます武助さん。今日は媚薬《びやく》入りのお弁当を作ってきたので、お昼ご飯は買わなくて大丈夫ですよ♪」

「あ、とりあえずおはよう。でもそれ全然大丈夫じゃないよね？」

「え？　そんなことないですよ～。今朝、作ってるときにタルトちゃんにあげたら、美味《おい》しい美味しいって食べてくれましたよ？　大丈夫ですよ」

「すでに食わせたあとって、むしろ手遅れですよね⁉」

「うふふ、冗談です。わたしは道具に頼るより、自分の力で頑張りたいので……♥」

なんだ冗談か。

むしろその後の言葉の方が意味深でドキドキしちゃったけど……。

「あ、ちなみにタルトちゃんは武助さんに話があるみたいで、あとから来ますよっ。それとおかげさまで、タルトちゃんがまた格闘技を習えるようになったみたいです」

「あ、そうなんだ？　それは良かっ――」

「なのでわたしもいつかお父様に認めていただけるように頑張ります。夢は大好きなタルトちゃんと大好きな武助さんと三人で仲良くエッチです♪」

「って、それはさすがに認めてもらえないだろ⁉　ちょ、おい、シュクレさーん？」

止める俺をよそに、リムジンが徐々にスピードを上げて遠ざかっていってしまう。

最後に窓から見えたのは、純粋で可愛らしい笑みを浮かべるシュクレさんの姿だった。

シュクレさん、すごい嬉《うれ》しそうだったな。良かった。本当に姉妹でわかりあえて。

「ねぇ」

俺がその場でぼ～っとしていると、急に後ろから袖を摑《つか》まれた。

振り向くと、なんかもう両手で金色の前髪をいじっている女の子がいた。顔が完全に隠れていて見えないが、まぁそのクセで誰だかはわかる。

「おはよ、タルト」

「う、うん……おはよ。……っ……ちょっと来て」

タルトは恥ずかしそうに言うと、再び俺の袖を摑んで路地へと連れ込む。

「え、どした？」

「そ、その……変じゃないかしら？」

タルトが髪をいじっていた手を下げると、中からは赤くなった可愛らしい顔が現れる。

「うん、いつもと同じ。普通だけど？」

「ほ、ほんと……？　って違う、変わってるの！」

え？　変わった？　とはいえ別に髪を切ってるわけでもないよな。

肩まで伸びたさらさらの髪は、いつも通りいい匂いがする。なんか昨日抱きしめたときの感触がよみがえってきて妙にドキドキするくらいだ。いつもと変わらずに可愛い。

「むぅ。ほんとに気づかないの？　だ、だから……む、胸……」

タルトが恥ずかしそうに胸元を指差す。

そこにはパンパンに詰まっていたパッドがなく、すとーんっと絶壁になっていた。

「あ、学校でもつけないのか？」

「う、うん。だってつけない方がいいって、タケスケが言うから……」

「そっか。そっちの方がタルトらしくていい感じだな」

「むぅ……。ない方が『らしい』って、ちょっと複雑」

「なら、自然な感じとか？」

「う、うん。ありがと……♥」

タルトは頬を赤らめると、恥ずかしそうに微笑《ほほえ》む。

「それよりね、昨日は色々あったけど、おかげでお父様に格闘技をやるのをまた認めてもらえたの。お姉ちゃんを助けたのを褒められちゃった♪」

「あぁ、シュクレさんから聞いたよ。良かったな、好きなことがまた出来て」

「ただ、『やるからには一番を目指しなさい』って。あとあと、お姉ちゃんも少しだけ格闘技やるかもしれないのよ。昨日みたいに危ない目にあったら大変だから」

「なるほどな」

「その代わりにね、あたしも変態とかエッチなこととか、お姉ちゃんに教えてもらうの」

「うん。なるほどなるほど……って、マジですかタルトさん⁉」

「だ、だって少しでも慣れてトラウマを克服して、お姉ちゃんのことをもっと理解してあげたいじゃない。それに、第一印象だけで嫌いなままいるのはアレでしょ？　平凡でも実はすごくかっこよくて、頼りになる……優しい人もいるし」

「まぁそうだけどさ。てか誰だよそいつ？」

「じ、自覚ないのね……。まぁいいけど。そういうステキな人もいるのよ」

タルトがわずかに頬をふくらませながら、ぷいっとそっぽを向く。

誰だろう。俺の知ってる人かな？　う〜ん、まぁわかんないし、いいけど。

「えっと、それより昨日のさ、あの、タケスケにまだお礼してなかったわよね？」

「お礼？　なんの？」

俺は腕を組んで考えるが……特に心当たりがない。なにかしたっけ？

「い、いいから。お姉ちゃんはタケスケに、ちゅってしたでしょ？」

「え？　あ、うん、まぁ、右の頬にな」

今も心なしか、頬にシュクレさんの唇の感触が残ってる気がする。

「ねぇ、ちょっと、かがんで?」

「え?」

「だから、ほら、しゃがんでってば! お、お願いだから……」

タルトはなぜか顔を赤くしながら、散々に手をわたわたとさせて何度か目測を誤りながらも、俺の胸倉を摑《つか》んでくる。

「え? うん。ったく、どうしたんだよそんなにあわてて……」

しかたなく俺は少しだけかがんだ。

ちょっとだけ期待を込めて左頬を差し出しながら言われた通りに目をつぶる。

すると、

「好き」

小さな声で何かを言われたかと思うと、潤いのあるものが触れてきた。

ぷるんと弾力があって、柔らかくて。少し震えてるところがウブな感じがする。

もしかしてこれは……唇だろうか。

昨日はシュクレさんにキスをしてもらったので、これで二度目のキスだ。

だが、俺は腰が抜けそうなほどに驚いた。

なにせ今回のタルトのキスは、左頬どころか、俺の唇に直接触れていたからだ。

心臓を高鳴らせながら目を開けると、そこにはタルトの顔があった。

間違いなく本物のキスだ。しかもとびきり甘い、初めてのキス——

「ん……」

ちゅっ……と音をたてて、やっと唇同士が離れた。心地いい感触に俺の脳が痺《しび》れる。

「え、あの、タルトさん……？」

「な、なによ」

俺が肩を摑むと、タルトは全力で顔を逸《そ》らした。

でもそのせいで、先っぽまで真っ赤になっている耳たぶが見えてしまっている。

「いえ、その、シュクレさんは頰だったたって言ったよね？」

「バカっ。だからあえて唇にしたの。しかも初めてなのに。こ、この鈍感！」

「ど、どういうこ——」

最後まで言わせずに、タルトがまた唇を押し付けてきた。

今度は突然だったので、歯が当たりそうなくらい乱暴で熱っぽいキスだった。

「っっ……ん……はぁ、はぁ……こ、これでわかった？　あたしの気持ち」

「え、あの……えっと……………どういうこと？」

「ここまでしたんだから察しなさいよっっっっっっっ！」

俺がわけもわからず頰をかいているとタルトが思いっきり鉄拳を放ってきた。

至近距離だというのにいつも通りに当たらないが、俺は驚いて尻餅をついてしまう。本当にどういうことだ。親友同士でキスって。が、外国式のあいさつ？

「うぅ～……なによ、普通だったらわかるところじゃない」

「え？ 俺って普通じゃないのか⁉」

「変なところで喜ばないでよ⁉ ただの鈍感野郎だって言いたいの。もう、バカ……」

タルトはなぜか、ふたたび顔を真っ赤にしてそっぽを向いてしまう。

「え？ ごめん。でも鈍感って言われても、俺には何のことだか……」

「お、教えられるわけないでしょ！ なしなし。女の子には誰にも言えない秘密があるものなんだから。詮索は禁止！ とにかく禁止っっっ！」

俺の言葉に、タルトの顔がさらに煙が出そうなくらい赤くなる。

「まぁ……でもあれね。そんな鈍感野郎のおかげで、最近はすごく楽しかったし。タケスケ自身が色々と気づくためにも、これからもずっと一緒にいてあげる♪」

タルトは両手を腰に当てると、頼もしそうに微笑《ほほえ》んだ。

「うん。ありがとな、タルト。これからも『親友』同士だな」

「そうね。しばらくは『親友』のままで我慢してあげる。と、特別だからね」

へ？ それっていつか親友をやめられてしまうってことか？ よくわかんないけど。

まぁ照れてるタルトが可愛いからそれでいいけどさ。

俺が微笑むと、タルトも照れながらも微笑んでくれる。しばらくそうしてじっと見つめ合っていると、地面に座っていた俺にタルトがおもむろに手を差し出してきた。

「あらためて、これからもよろしくね」

「ん、こちらこそよろしくな」

俺はタルトの手を取り、立ち上がる。

「じゃ、行きましょ？　タケスケ」

朝日を背に、タルトが八重歯を覗《のぞ》かせながら満面の笑みを浮かべる。

その笑顔は今まで見たタルトの笑顔の中で一番輝いて見えた。


今はまだ、自分の中に『新しい自分』なんて眠っているのかどうかわからない。

もしかしたら見つからないかもしれない、そんな不安もある。

けれどタルトとシュクレさんがそばにいてくれれば、不思議と何か掴《つか》めそうな気持ちの方が大きく感じる。だって前にシュクレさんから学んだ、個性が立つくらい夢中になれる存在《もの》は、俺にとってはタルトとシュクレさんのふたりのことだと思うから。

だからこそ、俺はふたりと一緒に歩んで行きたい。

可愛くて少し変わった、双子の姉妹と過ごす日常。

うん。普通に幸せ。

あとがき

本書を手に取ってくださった皆様、こんにちは。山本充実《やまもとみのり》です。

充実と書いて『みのり』と読む、性別不詳の童貞作家的な感じでよろしくです。


ええと、ともあれ、あれですね。皆様がこのあとがきを読まれているということは、無事に出版が出来たということですよね。これは喜びもひとしおです。はいっ。

まずは選考頂いた杉井光《すぎいひかる》先生、講談社ラノベ文庫編集部の方々、ありがとうございます。

そして当初は、「ギャグの滑り感がヤバい☆」というきつい評価ながらも拾い上げてくださり、いい感じの甘〜いラブコメに仕上げてくださった担当様には頭が上がりません！

苦しいときに担当様がおっしゃった、「俺の写真を携帯の待ち受けにしろよ。業界のジンクスで売れるらしいぜ」というお言葉のおかげで、今の私があるようなものです。

ジンクスもそうですが、息抜きにアイドルをプロデュースしようと携帯を開くたびに現れる担当様の姿。いつ見てもビジュアル系さながらのイケメンぶりに惚《ほ》れ惚《ぼ》れしますが、それを見るたびに私は常に見張られている気がして原稿が進む進む！

原稿が進んでジンクス的なお守りにもなる。まさに一石二鳥。一家に一枚です！

そして素敵なイラストをつけてくださった、イラストレーターのかわいまりあ先生、ありがとうございます。どのキャラクターも、とっても可愛《かわい》らしくてステキな出来で、いつもラフ画などが上がってくるたびにキュンキュンしておりましたっ。

ちなみに軽く本の内容に触れますと、この作品は『シークレット姉妹ラブコメ！』です。そう、秘密ですよ秘密！　バレないかドキドキしたり、秘密の共有にドキッとしたり、秘密っていいですよね。私はそういう内容の作品、特にマンガが大好きだったりします。この作品の中にもそういう要素がいくつかちりばめられていますので、少しでもそういった秘密ならではの面白さが読者の皆様に伝わるといいな〜と思っていたり。

逆に裏話としては、実は当初は野生の熊が飛び出して来たり、登場するぬいぐるみが松《まっ》ウサ修造《しゅうぞう》という消されそうなものだったりしました。ええ、はい。問題作でしたねっ。

それがこうして形になったのは、本当にお力になってくださった方々のおかげです。投稿前に読んでくださった山岸《やまぎし》様、他、友人の方々にも感謝です。

そして最後に読者の皆様、ここまでお付き合いくださりありがとうございました。皆様がこの本で少しでも楽しんで頂けたのなら、私も嬉《うれ》しい限りです！

山本充実《やまもとみのり》

初めまして、挿絵担当の
「かわいまりあ」と申します。
大変緊張しておりますっ!!

自分の絵で一つのお話を彩色していくような挿絵作業は、ずっと憧れていたものであり、最後までとても楽しく描かせて頂きましたっ！

まだまだ表現力も絵柄も未熟ではありますが、これからもっとお話の彩りのお手伝いができればと思っておりますので、よろしくお願いいたします！

講談社ラノベ文庫

女子《じょし》には誰《だれ》にも言《い》えない秘密《ひみつ》があるんです！

山本充実《やまもとみのり》

2013年11月1日第1刷発行

発行者	清水保雅
発行所	株式会社　講談社 〒112-8001 東京都文京区音羽2-12-21
電話	出版部　(03)5395-3715 販売部　(03)5395-3608 業務部　(03)5395-3603
デザイン	AFTERGLOW
本文データ制作	講談社デジタル製作部
印刷所	豊国印刷株式会社
製本所	株式会社フォーネット社

ISBN978-4-06-375338-7　N.D.C.913　263p　15cm
定価はカバーに表示してあります